Oetinger

Erhard Dietl, 1953 in Regensburg geboren, hat schon als Kind gern Geschichten geschrieben und gezeichnet. Er studierte Kunst und wurde freier Schriftsteller und Illustrator, mit großem nationalem und internationalem Erfolg. Er hat bisher rund hundert Kinderbücher veröffentlicht, für die er u. a. von der Stiftung Buchkunst und mit dem Österreichischen und Saarländischen Kinder- und Jugendbuchpreis ausgezeichnet wurde. Zu seinen erfolgreichsten Figuren gehören die anarchischen Olchis, die sogar Büchermuffel zum Lesen und Lachen bringen.

Erhard Dietl

Die Olchis

Gefangen auf der Pirateninsel

Verlag Friedrich Oetinger · Hamburg

Mehr über die Olchis in den Kinderbüchern:

Das geheime Olchi-Experiment
Die Olchis fliegen zum Mond
Die Olchis im Bann des Magiers
Die Olchis. Jagd auf das Phantom
Die Olchis. Safari bei den Berggorillas
Die Olchis und das Schrumpfpulverl
Die Olchis und die grüne Mumie
Die Olchis und die Gully-Detektive von London
Die Olchis und die Teufelshöhle

Außerdem gibt es Olchiges in Bilderbüchern, in zahlreichen Bänden der Erstlesereihe *Lesestarter* und in Hörbüchern. Material für Pädagogen und Pädagoginnen zum Thema findet sich unter www.vgo-schule.de.

FSC www.fsc.org MIX Papier | Fördert gute Waldnutzung FSC® C002795

7. Auflage

Satz: fuxbux, Berlin
Druck und Bindung: Livonia Print SIA,
Jurkalnes iela 15/25, LV-1046 Riga, Lettland
*Printed 2026/2
ISBN 978-3-7891-0440-4

www.olchis.de
www.erhard-dietl.de
www.oetinger.de

Inhalt

Es gab eine Zeit, da wimmelte es in der kleinen Stadt Schmuddelfing von Touristen. Alle wollten die berühmte Olchi-Familie besichtigen, die auf einem Müllberg in ihrer muffeligen Olchi-Höhle lebte: Olchi-Mama und Olchi-Papa, Olchi-Oma und Olchi-Opa, das Olchi-Baby und die beiden großen Olchi-Kinder.
So viele Besucher kamen, dass der Bürgermeister extra einen Andenken-Kiosk hatte aufstellen lassen, wo man lustige Olchi-Sachen kaufen konnte. Überall in Schmuddelfing gab es Wegweiser zur Müllkippe, und unten am See hatte man sogar einen Olchi-Lehrpfad angelegt. Wer da entlangwanderte, konnte alles über das Leben der kleinen Grünlinge erfahren.
Auf bunten Informationstafeln stand zu lesen, dass die Olchis uralt wurden. Olchi-Opa war angeblich schon 985 Jahre alt, die größeren Olchi-Kinder waren beide 45, und das Olchi-Baby war 12.
Man erfuhr, dass die Olchis gerne rülpsten und pupsten. Dass sie alle Arten von Gemüffel und Gestank mochten und sich nie wuschen oder die Zähne putzten.

Auf Bildern konnte man sehen, wie die Olchis Dosen, Flaschen und Schuhsohlen verdrückten. Alles Vergammelte, Faulige und Müffelige hatten sie nämlich schrecklich gern. Mit ihren harten Zähnen zerkauten sie die härtesten Müllteile, ohne von diesen Mahlzeiten jemals Bauchweh zu bekommen.
Nur vor frischen Sachen, auch vor Obst und Gemüse, mussten sie sich in Acht nehmen, denn davon bekamen sie immer unangenehme bunte Flecken.
Auf einem Foto auf einer der Tafeln sah man Olchi-Oma einen Kühlschrank in die Luft stemmen. Alle Olchis waren nämlich bärenstark, und schon die Olchi-Kinder konnten zentnerschwere Autoreifen weit über den Müllberg schleudern.
Ihre olchigen Haare waren so hart wie Draht, und ihre Haut fühlte sich an wie Tintenfisch. Mit ihren drei empfindlichen Hörhörnern hörten sie die Ameisen husten, und mit dem mittleren Hörhorn konnten sie alle Sprachen der Welt verstehen.
Dass die Olchis so berühmt und beliebt waren, gefiel dem Bürgermeister sehr, denn so wurde auch sein Städtchen immer bekannter. Deshalb hatte er die Olchis sogar zu Ehrenbürgern ernannt. In diesem Sommer freute sich der Bürgermeister besonders, denn es kamen so viele Touristen nach Schmuddelfing wie noch nie.

Der Tätowierer

Ein hagerer Mann mit zerzaustem rötlichem Haar betrat früh morgens die Schmuddelfinger Bäckerei. Seine Arme waren von oben bis unten tätowiert, und an seinem linken Ohr hing ein goldener Ring.
Er brummelte ein kurzes »Moin«, was wohl »Guten Morgen« heißen sollte.
Die Verkäuferin zuckte zusammen, als sie den Mann erkannte. Es war Johnny Goldloch, der ein paar Straßen weiter ein Tätowierstudio betrieb. Er sah ziemlich zwielichtig aus, und sie traute ihm nicht recht über den Weg.
»Dasselbe wie immer, Herr Goldloch?«, fragte sie ihn trotzdem höflich. Sie steckte eine Wurstsemmel in eine Tüte und reichte es ihm zusammen mit einem Becher mit schwarzem Kaffee über die Theke. Der wortkarge Mann kramte ein paar Münzen aus seiner Geldbörse, nickte der Verkäuferin zu und verließ den Laden.
Um diese Tageszeit waren Gott sei Dank noch kaum Leute auf der Straße. Wenn gegen Mittag die ersten Touristen kamen, war ihm das eher lästig.

In letzter Zeit fielen sie in Scharen in Schmuddelfing ein, denn der Bürgermeister hatte leider schrecklich viel Werbung für den Ort gemacht. Wenn das Wetter schön war, kamen die Leute von weit her und verstopften mit ihren Autos und Bussen die engen Straßen.
Alle wollten die Olchis auf ihrer Müllkippe besichtigen. Um die Olchi-Familie vor den neugierigen Leuten zu schützen, hatte der Bürgermeister sogar eine Absperrung um den Müllberg bauen müssen. Mit diesem Zaun wollte man verhindern, dass kleine Kinder auf dem Müllberg herumhüpften und drüben an der Olchi-Höhle irgendwelchen Unfug anstellten.
»Keine Ahnung, wie die Olchis diesen Trubel aushalten«, dachte Johnny Goldloch finster. »Wenn man mich tagein, tagaus so begaffen würde – ich würde mir das nicht bieten lassen.«
Er hustete und spuckte in den Rinnstein.
Hinter ihm quetschte sich ein langer Reisebus durch die schmale Gasse.
»Kommen die etwa jetzt schon?«, brummte Johnny und drückte sich an die Hauswand, als der Bus die enge Kurve nahm.
Hier in der Gasse hatte er seinen Laden.
Johnny war der beste und einzige Tätowierer der Stadt. Sogar drüben in Gammelsberg fand man keinen besseren, da war er sich ganz sicher.

Am liebsten tätowierte er den Leuten Seefahrer-Motive

auf ihre Bäuche, Schultern und Oberarme. Hübsche Meerjungfrauen, die aussahen wie kleine Göttinnen, waren seine Spezialität. Auch seine Seepferdchen wirkten lebensecht, und die wunderschönen Anker und Segelschiffe leuchteten in allen Farben.

Leider hatte er nur wenig Kundschaft. In Schmuddelfing waren Tätowierungen nicht sehr modern. Und die Leute mochten ihn sowieso nicht besonders.

Auch die eiligen Tagestouristen ließen sich nur selten tätowieren. Und wenn doch mal einer kam, dann wollte er meistens etwas Olchiges haben. Daher hatte Johnny neuerdings auch Olchi-Motive im Angebot. Er tätowierte die Porträts der Olchis, Fischgräten, Dosen, Knochen, kleine Fliegen, Stinkerwolken, Kröten, Ratten und sogar den Olchi-Drachen Feuerstuhl.

Da er so wenig Kundschaft hatte, musste Johnny nebenbei auch noch als Taxifahrer arbeiten. Es war ein Kreuz.

Wehmütig dachte er an die guten Zeiten, als er noch jünger gewesen und mit seinem Bruder zur See gefahren war. Leider war ihm das Leben auf einem Schiff irgendwann zu anstrengend geworden. Er hatte schlimme Probleme mit seinem Rücken bekommen, was ihn zwang, öfter mal einen Doktor aufzusuchen.

Er öffnete seine Ladentür, nahm einen Schluck vom heißen Kaffee und verbrannte sich die Zunge.
Leise fluchend, rollte er einen Ständer mit Olchi-Andenken vor die Tür. Da gab es Olchi-Postkarten und Olchi-Kulis, grüne Schlüsselanhänger, Mützen und Regenschirme mit Hörhörnern und andere lustige Sachen. Johnny fand das alles grauenhaft, aber er brauchte das Geld.
Er ging nach hinten in den kleinen Nebenraum, wo sein Arbeitstisch stand, und überprüfte kurz die Tätowierwerkzeuge. Alles lag ordentlich und sauber vorbereitet an seinem Platz. Das war gut so, denn für heute früh hatte sich eine ganz besondere Kundin angemeldet: die Frau des Bürgermeisters von Schmuddelfing. Sie wollte sich ihr erstes kleines Tattoo stechen lassen.
Goldloch warf einen Blick auf die Wanduhr, die die Form eines Totenkopfs hatte. Noch war etwas Zeit, denn seine vornehme Kundin wollte erst in einer halben Stunde hier sein. Er war schon sehr gespannt, für welches Motiv sie sich entscheiden würde.

Zerrüttete Nerven

Der Müllberg der Olchis war, wie gesagt, mit einem Zaun umgeben.
Davor warteten die Touristen jeden Tag ungeduldig, bis sie einen der Grünlinge zu Gesicht bekamen und ein Foto von ihm schießen konnten.
Obwohl es heute noch früh am Morgen war, waren bereits eine Handvoll Leute da. Einer hatte sogar ein Fernrohr auf die Olchi-Höhle gerichtet, und ein anderer rief: »He, Olchis! Kommt mal her! Gebt mir ein Autogramm!«
Doch die Olchis dachten gar nicht daran.
Von Natur aus waren sie wahre Entspannungskünstler. Sie waren freundlich und geduldig, und kaum etwas konnte sie aus der Ruhe bringen. Doch diese vielen Besucher gingen ihnen allmählich gehörig auf den Schnürsenkel.
Olchi-Mama und Olchi-Papa hatten sich heute in die Olchi-Höhle zurückgezogen, denn hier waren sie einigermaßen ungestört. Das Olchi-Baby lag schlafend in seiner Obstkiste, und Olchi-Mama krächzte vor sich hin: »Fliegenschiss und Olchi-Furz, das Leben ist doch viel zu kurz …«

Sie rührte in einer rostigen Radkappe herum, in der sie mal wieder ihre berühmte Schnürsenkel-Suppe mit Seifenlauge und Schlammklößchen kochte, die es zu Mittag geben sollte. Als Vorspeise würde es Kabelsalat geben. Olchi-Papa half ein bisschen mit und schnippelte die Elektrokabel klein.
»Nach dem Essen will ich noch unseren Drachen verschmutzen«, meinte er. »Er sieht schon wieder entsetzlich sauber aus. Keine Ahnung, wieso der Dreck so schnell abfällt bei ihm. Muss wohl an seiner glatten Haut liegen.«
Feuerstuhl schnarchte nebenan in der Garage. Er war ja auch nicht mehr der Jüngste und brauchte täglich seine 24 Stunden Schlaf.
Draußen hörte man die Olchi-Kinder lachen. Anscheinend hatten sie einen Riesenspaß. Sie standen bis zu den Knöcheln in einer Pfütze, schleuderten fette Matschknödel in Richtung Zaun und warteten darauf, dass die Besucher aufkreischten und erschrocken den Kopf einzogen.
Hinter der Olchi-Höhle hockte Olchi-Opa griesgrämig auf seinem rostigen Holzofen und knurrte: »Schleimige Schlammsocke! Kann man diese neugierigen Menschen nicht auf den Mond schießen?«
»Recht hast du«, seufzte Olchi-Oma. »Beim ranzigen Läusefurz, man kommt sich vor wie die Affen im Zoo!«
»Wer hätte das vor ein paar Jahren gedacht?«, sagte Olchi-Opa. »Damals wollte uns in Schmuddelfing kein

Mensch haben. Wir waren ihnen nicht geheuer, nur weil wir ein bisschen anders sind als sie.«
»Kann man sich heute gar nicht mehr vorstellen«, sagte Olchi-Oma und schüttelte den Kopf, dass ihre langen Drahthaare klapperten.
»So kann es jedenfalls nicht weitergehen«, knurrte Olchi-Opa. »Meine Nerven sind zerrüttet!«
Mit einem Mal wirkte er sehr entschlossen. »Ich werde jetzt zum Bürgermeister gehen und ihn vor die Wahl stellen!«
»Was soll er denn wählen, mein lieber Stinkerich?« Olchi-Oma sah ihn erwartungsvoll an.
»Beim Läusefurz!«, rief Olchi-Opa. »Ich werde ihm sagen, dass wir nur hierbleiben, wenn man uns in Ruhe lässt. Wenn dieser Rummel nicht aufhört, dann werden wir diesen Müllberg eben verlassen.«

»Was? Wir sollen unsere schöne Müllkippe verlassen?«
Olchi-Oma war sich nicht sicher, ob sie richtig gehört hatte.

»Beim grätigen Hühnerich!«, rief Olchi-Opa aufgebracht. »Der Bürgermeister muss sich entscheiden. Entweder verschwinden diese Touristen, oder wir gehen weg! Dann kann er sich neue Olchis suchen!«
»Wir sollen weggehen? Aber wohin denn?«, fragte Olchi-Oma erschrocken.
»Müll gibt es woanders auch«, brummte Olchi-Opa. »Beim Käsefuß, wir werden schon ein schönes Plätzchen finden. Ich hab noch immer gefunden, wonach ich gesucht habe. Gestern sogar ein halb volles Fläschchen Fahrradöl, erinnerst du dich?«
»Ja, schon«, sagte Olchi-Oma.
Aber sie fand, dass der Schmuddelfinger Müllberg das reinste Paradies war. So eine perfekte Müllkippe würden sie woanders nicht so schnell wieder finden.
Doch Olchi-Opa war schon von seinem Ofen gehüpft.
Er lief zur Garage und weckte den Drachen Feuerstuhl.
Noch ehe Olchi-Oma »Muffelwind!« sagen konnte, saß er auch schon auf dem Drachen und rief: »Spotz! Rotz!«
Feuerstuhl grunzte unwillig, doch dann stieß er eine gewaltige Stinkerwolke aus und knatterte los. Er donnerte über die staunenden Touristen hinweg in Richtung Schmuddelfing.

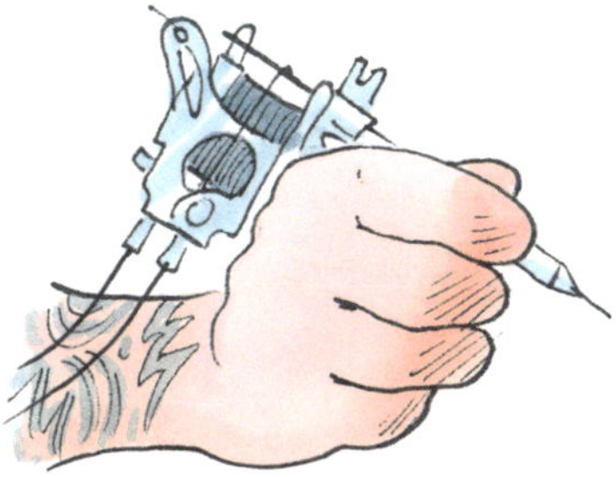

Johnny Goldloch setzt die Nadel an

Elisabeth, die Frau des Bürgermeisters, hatte sich schon lange ein Tattoo gewünscht. Aber immer wenn sie davon erzählt hatte, hatte ihr Mann Bedenken geäußert.
»Überleg es dir gut«, hatte er gesagt. »So was geht nie mehr ab. Das hast du bis an dein Lebensende und noch eine Weile darüber hinaus.«
Deshalb hatte Elisabeth lange gezögert. Doch schließlich hatte sie sich ein Herz gefasst, hatte bei Johnny Goldloch angerufen und war sich dabei sehr verwegen vorgekommen.
»Sehr gern, Frau Bürgermeister«, hatte der Tätowierer gesagt und ihr für den Morgen einen Termin gegeben.
Diesen Morgentermin hatte die Frau Bürgermeister dann doch nicht geschafft. Und nun war es schon spät am Nachmittag, als sie endlich ins Tattoostudio kam.
»Ein Röschen am Oberarm«, hauchte sie. »Klein und rot. Können Sie so was?«
»Ich kann alles«, brummte Johnny Goldloch. Lieber wäre ihm ein Schiff mit knatternden Segeln gewesen. Aber er musste zugeben, dass so eine kleine Rose für die Frau Bürgermeister vielleicht doch passender war.

Nun saß Elisabeth mit schmerzverzerrtem Gesicht auf einem Stuhl. Sie war nervös und versuchte immer wieder, die Luft anzuhalten. Goldloch kannte das.
»Ruhig atmen«, knurrte er.
Seine linke Hand hielt die Hautstelle an Elisabeths Oberarm gespannt. Mit der rechten führte er seine surrende Tätowiermaschine, und eine spitze Nadel stach rote Tinte in Elisabeths zarte Haut.
»Ist ja schlimmer als beim Zahnarzt«, presste sie hervor.
Johnny Goldloch schmunzelte. »Vielleicht erzählen Sie mir was? Das lenkt ab.«
Elisabeth überlegte kurz.
»Na gut«, sagte sie. »Vorhin war einer aus der Olchi-Familie bei meinem Mann im Rathaus.«
»Und?«
»Es war der Olchi-Opa. Stellen Sie sich vor, die Olchis haben uns mit Wegziehen gedroht! Sie haben angedroht, Schmuddelfing zu verlassen.«
»Ach was! Wieso das denn?« Johnny musste kurz die Nadel absetzen.
»Wegen zu viel Trubel!« Elisabeth verdrehte die Augen.
»Sie fordern, dass wir den Tourismus einstellen.«
»Kann man in gewisser Weise verstehen«, murmelte Johnny. »Ist ja die Hölle los momentan.«
»Ach ja?« Elisabeth machte ein sorgenvolles Gesicht.
»Aber was das für uns alle bedeuten würde! Der Fremdenverkehr ist doch so enorm wichtig für uns.«

»Und jetzt?«, fragte Johnny.
»Tja, nun ist guter Rat teuer. Aber mein Mann hatte bereits eine wundervolle Idee. Er will den Olchis eine Kreuzfahrt spendieren, auf Gemeindekosten. Sie sollen mal richtig ausspannen, dann wird das schon wieder.«
»So, so«, sagte Johnny.
»Olchi-Opa war auch gleich recht angetan von der Idee«, fuhr Elisabeth fort. »Anscheinend mag er Abenteuer. Kann man auch verstehen. Immer nur auf diesem Müllberg herumhocken ist doch auf die Dauer nichts. Da muss man ja die Nerven verlieren. Man muss auch mal was anderes sehen. So ein kleiner Tapetenwechsel hat noch jedem gutgetan.«
»Bestimmt eine gute Idee«, bestätigte Johnny.
»Eine Reise auf so einem großen Segelschiff ist sicher die beste Erholung, finden Sie nicht auch?«

»Sie fahren auf einem Segelschiff?« Johnny wirkte plötzlich sehr interessiert.
»Ja, eine Segelkreuzfahrt auf der *Esmeralda*. Ein tolles Schiff mit weißen Segeln! Ich hab ein Foto davon gesehen.«
»Wie schön!«, sagte der Tätowierer. Dann schwieg er und schien in Gedanken versunken. Nur die Tätowiernadel surrte, und Elisabeth japste dann und wann vor Schmerz.
Schließlich glitt ein Lächeln über Johnnys Gesicht. Er setzte die Nadel ab, streckte sich und sagte: »Lassen Sie mich wissen, wann es losgeht. Ich bringe die Olchis sehr gern mit dem Taxi zum Hafen.«
»Das würden Sie tun? Aber ist das nicht ein bisschen weit fürs Taxi? Es ist eine ganz schöne Strecke bis zum Meer.«
»Kein Thema«, meinte Johnny. »Ich fahre die Olchis zum Sonderpreis. Für den Herrn Bürgermeister mach ich das doch gern. So was gehört für mich zum Geschäft.«
»Na, das hört sich gut an!«, sagte Elisabeth. »Danke für das Angebot, ich nehme Sie beim Wort!«
Sie zuckte zusammen, als Johnny wieder seine Nadel ansetzte.
»Ruhig atmen«, sagte er. »Man gewöhnt sich dran.«
Elisabeth seufzte und kniff die Augen zu.
Eine Stunde später verließ sie stolz und glücklich den Laden. Johnny rieb sich die Hände. Diese Kundin war wirklich Gold wert gewesen. Er ging zum Schrank, holte ein altmodisches Funkgerät heraus und morste eine Nachricht.

Das Geschenk des Bürgermeisters

Als Olchi-Opa von seinem Besuch im Rathaus zurückkam, erzählte er den anderen Olchis ganz begeistert vom Vorschlag des Bürgermeisters.
»Er hat uns eine Kreuzfahrt geschenkt!«, rief er. »Er hat mir einen Prospekt gezeigt! Was für ein krötiges Segelschiff! So eine Reise wird uns bestimmt gefallen!«
»Wolltest du ihm nicht sagen, dass wir vielleicht wegziehen?«, fragte Olchi-Oma verwundert.
»Ach was!«, rief Olchi-Opa. »Erst mal machen wir diese Kreuzfahrt. So ein Angebot bekommen wir nicht jeden Tag. Vor 500 Jahren bin ich schon mal über einen Ozean geschippert. Alle Tintenfische haben mir zugewinkt, und die Seesterne haben geleuchtet, dass es die helle Freude war!«
»Beim Hühnerich«, sagte Olchi-Oma. »Ja, vielleicht sollten wir das wirklich machen.«
Auch die Olchi-Kinder freuten sich.
»Juhuu!«, riefen sie. »Wir fahren mit einem krötigen Schiff!«
Olchi-Papa war von der Idee gar nicht begeistert.

»Es gibt entsetzlich viel Frischluft auf so einem Meer«, gab er zu bedenken. »So was ist total ungesund!«
Olchi-Mama mampfte gerade ein Stück Dosenblech und sah ebenfalls nicht besonders glücklich aus.
»Also, ich weiß auch nicht«, brummte sie. »Auf so einem Schiff kann man leicht seekrank werden!«
»Papperlapamp!«, rief Olchi-Oma. »Mir gefällt die Idee. Auf so einer Kreuzfahrt kann ich den Trubel hier mal für eine Weile vergessen.«
Tatsächlich hörte man drüben am Zaun schon wieder die Touristen grölen: »Olchis! Olchis! Olchis!«
»Sumpfige Rostwanzen! Hört euch das nur an«, knurrte Olchi-Opa. »Wie soll man das noch länger ertragen?«
Er nahm eine rostige Dose und pfefferte sie in Richtung Zaun.
Olchi-Papa schüttelte den Kopf.
»Muffelfurzteufel, ich hab dabei kein gutes Gefühl. Ich bleibe lieber hier. Ein Olchi gehört auf einen Müllberg und nicht auf ein Schiff.«
»Finde ich auch«, sagte Olchi-Mama. »Ich komme da auf keinen Fall mit.«
»Aber wir kommen mit!«, riefen die Olchi-Kinder. »Wir wollen endlich mal wieder Abenteuer erleben!«
»So ist's recht, Stinkerlinge!«, freute sich Olchi-Opa.
»Wir werden über die sieben Meere segeln, dass es nur so spritzt!«
Und so war es entschieden. Olchi-Opa und Olchi-Oma

wollten mit den beiden Olchi-Kindern auf die Kreuzfahrt gehen.
Aber bis es so weit war, hatten sie noch ein paar Tage Zeit.

Gleich am nächsten Tag machten die Olchi-Kinder einen kurzen Besuch bei Professor Brausewein. Er hatte ihnen neulich ein Gefurztagsgeschenk versprochen, und das wollten sie sich vor ihrer Reise unbedingt noch abholen.
Brausewein war ein berühmter Erfinder. Er wohnte drüben in Gammelsberg und hatte sich in einem alten Eisenbahnwaggon ein Labor eingerichtet. Ganz am Ende des Bahnhofs auf einem Abstellgleis.
Links und rechts der Eingangstür lagen große Schrottteile, auch zwei rostige Fässer standen da, die als Blumenkübel dienten und zugewachsen waren mit Unkraut. Daneben standen Brauseweins Fahrrad und eine windschiefe Holzbank.
Die Olchi-Kinder parkten ihren Drachen Feuerstuhl neben dem Waggon und traten ein, ohne anzuklopfen.
Brausewein war über eine geöffnete Armbanduhr gebeugt. Er trug eine beleuchtete Lupenbrille und fummelte mit einem winzigen Schraubenzieher an der Uhr herum.
»Geschafft!«, rief er. »So müsste es funktionieren!«
Er nahm die Arbeitsbrille ab und lächelte den Olchis zu.
»Was hast du denn heute erfunden?«, fragte das eine Olchi-Kind. Brausewein machte ein wichtiges Gesicht.

»In dieser Uhr steckt der kleinste und empfindlichste Peilsender der Welt! Dieses winzige Ding kann ich überall orten, ganz egal, wo es sich befindet.«
»Auch am Ende der Welt?«, fragten die Olchi-Kinder.
»Ja, das hoffe ich zumindest«, sagte Brausewein. »Man müsste es ausprobieren.«
Jetzt erzählten ihm die Olchi-Kinder von ihrer anstehenden Seereise.
»Na, das passt ja ausgezeichnet«, freute er sich. »Nehmt die Uhr mit, dann können wir den Peilsender gleich testen! Während ihr unterwegs seid, kann ich hier im Labor jederzeit eure Positionsdaten empfangen.«
»Unsere was?«, fragte das eine Olchi-Kind.
Brausewein reichte ihnen die Uhr.
»Ihr müsst nur auf diesen kleinen Knopf drücken. Dann weiß ich, wo ihr euch befindet.«
»Krötig«, sagten die Olchi-Kinder. »Ist das jetzt unser Gefurztagsgeschenk, das du uns versprochen hattest?«
»Oh nein! Da hab ich noch etwas anderes für euch!«
Er kramte in einem Schubladenschrank und holte ein kleines Parfümfläschchen hervor.
»Iiih!«, machten die Olchi-Kinder enttäuscht. »Wir kriegen Parfüm?«
Brausewein lachte. Er war ein schlauer Mann und wusste genau, was den Olchis gefiel.
»Das ist ein hochwirksames Stinkerspray!«, erklärte er.
»Es hilft garantiert gegen Rosenduft, Frischluft, Parfüm-

geruch und so weiter und so fort. Eben gegen alle unolchigen Gerüche!«
»Beim Käsefuß, so was haben wir uns schon immer gewünscht!«, freuten sich die Olchi-Kinder und wollten das Fläschchen gleich öffnen.
Brausewein rief erschrocken:
»Stopp! Auf keinen Fall hier drinnen! Den Gestank krieg ich nie mehr raus! Das dürft ihr erst zu Hause ausprobieren.«
Auch ein paar Kaugummis gegen Seekrankheit und eine kleine Teleskopangel schenkte er den Olchi-Kindern. So etwas konnte man auf hoher See sicher gut gebrauchen.
Am Ende verließen die Olchi-Kinder gut ausgerüstet und glücklich das Labor.
»Gute Reise!«, sagte Brausewein. »Jetzt kann ja nichts mehr schiefgehen!«
Er ahnte nicht, wie sehr er sich da irrte.

Rote Segel

Dann war der Tag der Abreise gekommen.
Kurz nach dem Frühstück hielt Johnny Goldlochs Taxi an der Müllkippe. Unter den staunenden Augen der Touristen stiegen Olchi-Oma, Olchi-Opa und die beiden Olchi-Kinder in seinen Wagen.
»Damit ihr mir nicht verhungert!«, hatte Olchi-Mama noch gesagt und ihnen zwei Tüten voll Verpflegung mitgegeben. Gebratene Fußmatte, getrocknete Schlammknödel und eine Flasche Stinkerbrühe.
Johnny wollte die Olchis bis zum Hafen fahren und sie dort auf ihr Schiff begleiten. Die Frau Bürgermeister hatte ihm auch die Bordkarten für die *Esmeralda* anvertraut.
Bereits auf der Gammelsberger Schnellstraße fragte das eine Olchi-Kind: »Wann sind wir endlich da?«
»Gegen Abend«, brummte Johnny und öffnete ein Fenster, denn die vier Olchis müffelten entsetzlich.
Die Stunden vergingen. Die Olchis guckten sich neugierig die vorbeiflitzende Landschaft an, futterten Olchi-Mamas Verpflegung und machten hin und wieder ein Nickerchen.

Ihr Fahrer hielt unterwegs nur zweimal an, um ein bisschen Pause zu machen und frische Luft zu schnappen. Und so erreichten sie, wie versprochen, am frühen Abend den Hafen.

So viele Schiffe lagen da! Die Olchis bestaunten eine Autofähre und die riesengroßen Jachten. Auch zwei stattliche weiße Segelschiffe lagen hier vor Anker und viele kleine Boote. Doch Johnny kümmerte sich nicht um sie und fuhr immer weiter die Uferstraße entlang. Er schien genau zu wissen, wo er hinwollte.

Erst am Ende des Hafens hielt er endlich an.

Vor ihnen lag ein großes älteres Segelschiff mit blutroten Segeln.

»Rote Segel?«, wunderte sich Olchi-Opa. »Auf dem Bild vom Bürgermeister hatte unser Schiff aber weiße Segel!«

»Quatsch«, brummte Johnny.

»Vielleicht hat sie inzwischen jemand umgefärbt?«, überlegte Olchi-Oma.

Sie stiegen aus, und Johnny brachte die Olchis zum Schiff. Auf der schmutzigen Reling hatte sich ein kleiner Schwarm Möwen niedergelassen. Finster dreinschauende Matrosen hantierten an den Tauen herum, und ein kräftiger Mann mit strubbeligem rotblondem Bart rief laute Kommandos. Er trug hohe Stiefel, einen breiten Gürtel, und an seiner dunkelblauen Jacke funkelten goldene Knöpfe. Als er Johnny und die Olchis erblickte, kam er lächelnd auf sie zu.

»Beim Kröterich«, flüsterte das eine Olchi-Kind. »Er hat nur eine Hand!«
Tatsächlich ragte aus seinem linken Jackenärmel ein krummer Eisenhaken. Johnny umarmte den Mann, als wären sie alte Bekannte.
»Bring dir deine Fahrgäste«, sagte er, und der Mann mit der Hakenhand grinste breit. Vorne sah man einen goldenen Schneidezahn.

»Willkommen an Bord«, sagte er und streckte den Olchis seine unversehrte Hand entgegen. »Ich bin Käpten Eisenhand!«
»Muffelfurzteufel, das ist unsere erste Kreuzfahrt! Wir sind schon ganz aufgeregt«, sagte Olchi-Oma und pupste so laut, dass es knatterte. Käpten Eisenhand runzelte die Stirn.
»Na, wunderbar«, rief er dann aber. »Kommt mit! Ich zeige euch gleich eure Kajüte.«
»Also dann«, sagte Johnny. Er nickte den Olchis kurz zu, knuffte den Käpten freundschaftlich in die Seite und ging von Bord.
»Der hat es aber eilig«, wunderte sich Olchi-Oma.
Der Käpten führte die Olchis über eine steile Treppe hinunter in den Schiffsbauch.
»Wann starten wir denn?«, fragte Olchi-Opa. »Sind die Fahrgäste schon alle da?«
»Könnt es wohl kaum erwarten, was?« Eisenhand stieß ein heiseres Lachen aus und öffnete eine Kabinentür.
Hier gab es links und rechts zwei schmale Stockbetten, und unter dem runden Bullauge war ein winziges Klapptischchen an der Wand befestigt.
»Ziemlich übersichtlich hier«, meinte Olchi-Opa.
»Aber gemütlich«, versicherte das eine Olchi-Kind.
»Werdet schon Platz haben«, sagte der Käpten. »Ihr seid ja auch nicht gerade riesig.« Wieder lachte er so laut, dass die Olchi-Kinder zusammenzuckten.

»Ist ja nur zum Schlafen«, setzte er hinzu. »Die meiste Zeit werdet ihr sicher oben an Deck sein. Macht es euch bequem, wir lichten gleich den Anker.«

»Ein netter Mann«, meinte Olchi-Oma, als der Käpten wieder nach oben stapfte.

Die Olchis ließen sich auf ihren Betten nieder.

»Schön muffelig ist es hier«, stellte Olchi-Oma fest.

»Stinkerlinge, mir gefällt es!«

Die Olchi-Kinder mochten besonders das kleine runde Fenster, durch das sie aufs Meer hinaus sehen konnten.

»Beim Hühnerfurz, gar nicht übel«, meinte Olchi-Opa.

»Aber jetzt hätt ich gern was zu futtern. Hoffe, sie haben genügend Müll an Bord. Ich werd mich mal erkundigen.«

Feines Müllzeug

Als Olchi-Opa durch den schlecht beleuchteten Flur ging, spürte er, wie sich das Schiff bewegte: Sie hatten abgelegt. Durch eine offene Tür sah er drei Matrosen, die an einem schmalen Tisch Karten spielten.
»Einen schönen guten Abend«, sagte Olchi-Opa. »Wann wird denn hier das Abendessen serviert?«
Die Männer blickten verwundert auf und einer rief: »Sekt und Kaviar gibt's erst nach Mitternacht!« Sofort brachen alle in schallendes Gelächter aus.
»Sehr witzig, beim Hühnerfurz«, brummte Olchi-Opa. Musste man zu einem Passagier nicht ein bisschen freundlicher sein?
Er ging weiter und fand am Ende des Flurs die kleine Kombüse.
Ein dicker, schwitzender Mann im gestreiften Ringelhemd, der in der engen Schiffsküche kaum Platz hatte, stand an einem winzigen Herd und rührte in einem Topf herum.
»Schlapper Schlammlappen«, sagte Olchi-Opa zu ihm. »Wann wird denn hier das Essen serviert?«

Der dicke Koch sah ihn einen Moment lang durchdringend an. Dann antwortete er: »Der Käpten hat mir gesagt, ihr mögt Müllzeug?« Anscheinend war er gut informiert.
»Na klar!«, sagte Olchi-Opa. »Wir sind Olchis!«
Der Koch wischte sich über die feuchte Stirn und deutete auf einen vollen Müllkübel.
»Such dir aus, was du willst.«
»Krötig!«, sagte Olchi-Opa. »Dann nehm ich den mal mit.« Der Müllkübel sah sehr appetitlich aus. Er packte ihn mit beiden Händen und trug ihn zur Kajüte.
»Aber den Eimer wiederbringen!«, hörte er den Koch noch rufen.

Alle freuten sich über die feinen Sachen, die Olchi-Opa mitgebracht hatte. Sie ließen sich ihr Abendessen schmecken und schauten durchs Bullauge auf das weite Meer, in dem sich die untergehende Sonne spiegelte.
Olchi-Oma rülpste zufrieden.
»Rostiger Läuserich, ist das nicht allerkrötigst? Genau so hab ich mir das vorgestellt.«
»Ja, und so schön ruhig ist es hier«, bestätigte Olchi-Opa.
»Endlich keine nervigen Touristen mehr.«
Er schluckte ein Stück Plastiktüte hinunter. »Aber komisch, außer uns habe ich hier noch keinen Passagier gesehen.«
Olchi-Oma gab ihm recht: »Ist mir auch aufgefallen.
Kann es sein, dass wir hier die einzigen Fahrgäste sind?«
»Und wie lange fahren wir eigentlich?«, fragten die Olchi-Kinder. »Gehen wir auch mal irgendwo an Land?«
Doch auch darauf wussten ihre olchigen Großeltern keine Antwort. Über so was hatten sie sich noch gar keine Gedanken gemacht.
Als der Eimer leer gefuttert war, legten sich alle zufrieden auf die Matratzen. Und weil das Schiff so schön schaukelte, fielen ihnen auch schon bald die Glupschaugen zu.
Hätten sie geahnt, dass sie geradewegs auf ein gefährliches Abenteuer zusteuerten … sie hätten die ganze Nacht kein Auge zugetan.

Das Unterhaltungsprogramm

Am nächsten Morgen gingen die Olchis frisch und ausgeruht nach oben. Überall roch es appetitlich nach Müll, Moder und faulem Fisch, aber oben an Deck leider sehr unangenehm nach Frischluft.
»Hoffe, wir gewöhnen uns daran«, sagte Olchi-Oma und rümpfte die Nase.
Dicke Wolken hingen am Himmel. Weit und breit sah man nur graugrünes Wasser. Ein kräftiger Wind blähte die blutroten Segel, und vorne am Bug hörte man das Anbranden der Wellen. Einer der Matrosen stand rauchend an der Reling. Er hatte ein schwarzes Tuch um den Kopf gebunden, und in seinem Gürtel steckte ein langer Säbel.
»Einen krötigen guten Morgen«, begrüßte ihn Olchi-Oma. Doch der Matrose schnippte nur den Stummel seiner Zigarre ins Wasser und murmelte etwas Unverständliches.
Plötzlich zischte etwas knapp an Olchi-Opas Kopf vorbei. Surrend bohrte sich neben ihm ein spitzes Messer in die Holzwand. Drüben am Hauptmast hörte man die Männer der Besatzung grölen.

»Sehr witzig, beim Käserich!«, schimpfte Olchi-Opa. »Wollt ihr mich umbringen?«
»Sie üben Messer werfen«, stellte das eine Olchi-Kind fest. Und jetzt sahen sie, wie die Männer ihre Messer auf ein Brett schleuderten, auf das sie mit Kreide eine Figur gemalt hatten.
»Dürfen wir auch mitmachen?«, fragten die Olchi-Kinder. Die Männer hatten nichts dagegen.
Die Olchi-Kinder bekamen ein paar Wurfmesser und schleuderten sie – *Zack! Zack! Zack!* – mit ihrer ganzen Olchi-Kraft gegen das Brett. Dicht nebeneinander hatten sie sich ins Holz gebohrt. So fest steckten sie nun darin, dass es den Männern unmöglich war, sie wieder herauszuziehen.
»Ho, ho, ho!«, hörte man sie rufen. »Beim Klabautermann! Ja, versenk mich doch! Ich glaub, mich juckt der Enterhaken!«
Sosehr sie es auch versuchten, so fest sie auch zogen und zerrten – keiner konnte sein Messer aus dem Holz ziehen.
»Dann muss ich das wohl machen!«, sagte das eine Olchi-Kind, lief zu dem Brett und zog alle Messer nach und nach heraus. Mit einer Hand, als wäre es ein Kinderspiel.
Auch Käpten Eisenhand hatte das mit angesehen und sagte verwundert: »Mich laust der Affe. Ihr seid ja ganz schön kräftig. Muss man ja aufpassen bei euch.«
»Ich finde das unpassend für Kinder«, meinte Olchi-Oma.

»Habt ihr hier keine anderen Spiele? In dem Prospekt stand, dass es Kinderbetreuung geben soll.«
»In welchem Prospekt denn?«, fragte Käpten Eisenhand.
»Dem Prospekt vom Kreuzfahrtschiff, den uns der Bürgermeister gezeigt hat«, erklärte Olchi-Opa.
Der Käpten brauchte eine Weile, bis er verstanden hatte, was die Olchis meinten. Dann grinste er breit und zeigte wieder seinen goldenen Schneidezahn.
»Ach so, ja, sicher!« Er gab einem seiner Männer einen Wink.
»Das ist Keyomi, unser Erster Offizier«, erklärte er den Olchis. »Keyomi ist zuständig für unser Unterhaltungsprogramm!«
Wieder lachten die Männer. Keyomi war ein kleiner Chinese. Er sah ziemlich kräftig aus, und seine Muskeln

wirkten wie aufgepumpt. Er roch so, als hätte er sich schon seit ewigen Zeiten nicht mehr gewaschen. Olchi-Oma fand ihn gleich sympathisch.
»Krötig, lieber Herr Omi«, rief sie. »Was spielen wir denn?«
Keyomi kratzte sein sonnengebräuntes Kinn und sagte: »Wir machen Übung für Fitness. Körperkraft sehr wichtig!«
Seine starken Arme umklammerten ein bleischweres Fass. Er stemmte es hoch über seinen Kopf, ging ein paarmal tief in die Hocke und lächelte dabei. Alle Männer klatschten Beifall, denn dieser Keyomi war wirklich bärenstark.
In der Ecke standen noch andere Fässer.
»Nehmt euch eines, und zeigt, was ihr könnt«, ermunterte der Käpten die Olchis.
Das ließen sie sich nicht zweimal sagen. Schon hatte sich das eine Olchi-Kind das größte Fass geschnappt und warf es dem anderen Olchi-Kind zu wie einen Gummiball.
Auch Olchi-Oma und Olchi-Opa nahmen sich jeder ein Fass, und dann flogen drei schwere Fässer lustig im Kreis herum.
»Auf dem Müllberg spielen wir das immer mit Autoreifen«, erklärte das eine Olchi-Kind.
Wieder applaudierte die Mannschaft, und auch der Käpten klopfte mit seiner Hakenhand anerkennend gegen die Reling.

»Nicht übel«, sagte er. »Wollen mal sehen, was ihr sonst noch so draufhabt!«
Keyomi schlug vor: »Jetzt hoch in Takelage klettern! Wer kann das?«
Um sich dabei nicht den Hals zu brechen, musste man schwindelfrei sein und durfte um Himmels willen nicht das Gleichgewicht verlieren.
Doch das Klettern war für die beiden Olchi-Kinder kein Problem. Wie zwei Schimpansen hangelten sie sich über die schaukelnden Strickleitern und Taue ganz nach oben in die Segel. Am Ende saßen sie da wie zwei Bergsteiger auf dem Gipfel, winkten den anderen zu und spuckten hinunter ins Meer.
»Sehr gut!«, rief der Käpten. »Ihr könntet bei mir als Matrosen anheuern!«
Als die Olchi-Kinder wieder heruntergeklettert waren, fischte Eisenhand eine goldene Münze aus seiner Jackentasche.
»Wer die meisten Liegestütze schafft, der bekommt von mir diese Goldmünze!«
Da wollten natürlich alle Männer mitmachen. Der Reihe nach zeigten sie, was sie konnten. Käpten Eisenhand zählte ihre Liegestütze jedes Mal mit und klopfte mit seiner Hakenhand laut auf ein Holzfass.
»Eins! Zwei! Drei! Vier! Fünf! Sechs! Sieben! …«
Von der Mannschaft war Keyomi der Beste.
1287 Mal musste Eisenhand mit seinem Haken gegen das

Fass klopfen, dann erst ließ sich Keyomi schnaufend auf den Boden fallen.

Als Olchi-Opa an der Reihe war, machte er seine Liegestütze mit einer Hand.

»Opa! Opa! Opa!«, feuerten ihn die Olchi-Kinder an, und alle zählten laut mit. Bei 1288 hatte Olchi-Opa keine Lust mehr.

»Genug jetzt«, sagte er und sprang auf die Füße. »Könnte noch eine Weile so weitermachen, aber der Rekord ist schon gebrochen, oder?«

Keyomi machte ein langes Gesicht, aber der Käpten nickte anerkennend. Er überreichte Olchi-Opa die Goldmünze, und der steckte sie sich in den Mund und zerkaute sie wie ein Stück Schokolade.

»Und nun das Armdrücken!«, rief der Käpten.

»Armdrücken sehr gut!«, sagte Keyomi zu Olchi-Oma. »Nun bist du dran!«

»Also, ich weiß nicht«, sagte Olchi-Oma. »Bin ich nicht schon zu alt für solche Kindereien?«

»Du kneifst wohl, was?«, rief Eisenhand und grinste.

»Quatsch mit Schlammsoße!«, rief Olchi-Oma entrüstet. »Na gut, wer traut sich gegen mich?«

Der krumme Heiner war groß und kräftig, und seine Arme sahen durchtrainiert aus. Er setzte sich Olchi-Oma gegenüber an einen Tisch und stellte den Ellbogen auf die Tischplatte.

Herausfordernd blickte er Olchi-Oma in die Glupsch-

augen. »Schleimeschlamm und Käserich«, sagte Olchi-Oma. Lächelnd legte sie ihre kleine grüne Olchi-Hand in Heiners harte Pranke.
Eisenhand gab das Signal, und beide drückten los, so gut sie konnten.
Es dauerte genau sieben Sekunden, dann hatte Olchi-Oma den Arm des krummen Heiner gegen die Tischplatte gedrückt.
Gegen Mittag brachte man den Olchis einen Eimer voll Fischgräten. Sie waren leider noch ein bisschen zu frisch, aber der rostige Eimer schmeckte ihnen hervorragend. Unter den staunenden Augen der Besatzung verdrückten sie ihn mitsamt dem Henkel.

»Wir machen Tauziehen!«, rief Keyomi nach dem Essen. »Tauziehen großer Spaß!«
Er holte ein langes Seil und teilte die Mitspieler ein. »Sechs Matrosen gegen vier Olchis!«
Sechs Matrosen gegen vier Olchis war zwar ein bisschen unfair, aber die Olchis beschwerten sich nicht.
Sie zogen kräftig an dem Seil und zwangen die Matrosen übers Deck, bis sie stolperten und fluchend durcheinanderpurzelten.
So verlief der erste Tag für die Olchis sehr angenehm, und das Unterhaltungsprogramm gefiel ihnen ausgezeichnet.
Auch die nächsten beiden Tage waren erst mal ziemlich krötig. Die Olchis lungerten die meiste Zeit auf dem Deck herum, sahen den Matrosen bei der Arbeit zu und ließen sich den Wind um die Knubbelnase wehen.
Sie waren fest entschlossen, ihren Urlaub in vollen Zügen zu genießen. Nur wunderten sie sich, dass sie tatsächlich die einzigen Passagiere auf diesem Kreuzfahrtschiff waren.
»Der Schmuddelfinger Bürgermeister hat uns eben etwas sehr Exklusives spendiert«, meinte Olchi-Oma lächelnd.
»Beim Knödelwurm«, bestätigte Olchi-Opa, »das haben wir auch verdient. Bei allem, was wir durchgemacht haben in letzter Zeit.«

Lausiges Wetter

Am Abend des dritten Tages war das Wetter stürmisch geworden. Die Olchis setzten sich zu den Männern unter Deck in eine Kajüte. Auf dem Tisch standen bauchige Rumflaschen, und der krumme Heiner holte ein altes Akkordeon, denn er kannte jede Menge lustige Lieder. Alle grölten kräftig mit, und der Käpten klopfte mit seiner Hakenhand den Takt dazu:

»Piraten steuern ihre Schiffe
durch jeden wilden Sturm,
sie fürchten keinen Hai
und keinen Schlangenwurm!

Segel knattern, Winde heulen,
ihre Köpfe haben Beulen.
Es treibt sie hin, es treibt sie her,
ihre Heimat ist das Meer!

Alle sehen mit Entsetzen,
wie sie ihre Säbel wetzen.
Sie fürchten nicht Tod und den Teufel dazu,
am Grunde des Meeres finden sie Ruh!«

Es dauerte nicht lange, da waren Eisenhands Männer betrunken. Der krumme Heiner legte gähnend das Akkordeon zur Seite, um eine kräftige Prise Schnupftabak zu nehmen. Keyomi schnitzte mit seinem spitzen Messer einen Totenkopf in den Tisch und lallte irgendetwas Chinesisches, das niemand verstand. Einer war auf seinem Stuhl eingeschlafen, doch die anderen grölten und tanzten noch immer lustig herum, als gäbe es kein Morgen.

Als das Schiff heftiger zu schlingern begann, mussten sie ihre Flaschen festhalten, damit sie nicht vom Tisch rutschten.

»Verdammter Nordwind!«, fluchte der krumme Heiner, und der Käpten sagte zu den Olchis:

»Morgen werden wir an der Dracheninsel vor Anker gehen!«

»Welche Dracheninsel?«, fragten die Olchi-Kinder.

»Gibt's da echte Drachen?«

Der Käpten nickte. »Ihr werdet da euren Landausflug machen!«

Keyomi stieß ein heiseres Kichern aus und lallte:

»Dort werdet ihr abgeladen!«

»Beim Läuserich«, sagte Olchi-Opa. »Und wie lange bleiben wir dann auf der Insel?«
Käpten Eisenhand leerte seine Flasche und schaute die Olchis durchdringend an.
»Nicht so neugierig«, brummte er. »Das werdet ihr noch früh genug erfahren.« Plötzlich hatte er etwas Verschlagenes in seinem Blick.
Die Olchis sahen sich erstaunt an. Was war nur in den Käpten gefahren? Wieso war er mit einem Mal so unfreundlich?
»Macht euch nicht in die Hosen!«, rief der krumme Heiner. »Wenn alles glattgeht, wird euch kein Haar gekrümmt!« Die Olchis sahen sich an. Irgendetwas stimmte hier nicht.
»Was meinst du damit?«, rief Olchi-Oma erschrocken, und das eine Olchi-Kind sagte: »Unsere Haare kann man nicht so leicht krümmen. Die sind ganz schön hart!«
Der Käpten knallte seine Hakenhand heftig auf die Tischplatte.
Sein Blick war jetzt glasig.
»Könnt euch doch nicht beschweren!«, rief er laut.
»Werdet hier behandelt wie rohe Eier! Seid schließlich bares Geld für mich!«
»Rohe Eier? Wieso Geld?«, fragten die Olchi-Kinder, die nicht verstanden, was er damit meinte.
»Beim Läusefurz«, sagte Olchi-Oma, die versuchte, wieder ein bisschen gute Stimmung zu verbreiten. »So ein kleiner

Ausflug zur Insel ist sicher eine krötige Idee. Ist bestimmt schön, mal wieder festen Boden unter den Füßen zu haben. Von dem Geschaukel hier wird einem ja ganz übel.«
Tatsächlich hatte das Schiff immer mehr zu schwanken begonnen. Die Balken ächzten jämmerlich, und die Lampe an der Decke schwang hin und her wie eine Schaukel.
»Draußen stürmt es«, sagte Olchi-Opa. »Vor 300 Jahren hab ich schon mal so einen Sturm erlebt. Es hat mir damals fast die Hörhörner vom Kopf geblasen!«
»Heiliger Müllsack«, stöhnte Olchi-Oma. »Mir ist plötzlich so mulmig im Bauch!« In der Tat sah sie schon ziemlich hellgrün aus.
»Das liegt bestimmt am Mittagessen«, meinte das eine Olchi-Kind. »Die Fischgräten waren noch nicht richtig faulig.«
Als das Geschaukel immer schlimmer wurde, standen die Männer auf und rannten fluchend nach oben.
Auch die Olchis wollten sehen, was da draußen vor sich ging. Sie liefen hinter den Männern her und stolperten die steile Holztreppe hinauf. Zwei graue Ratten flitzten an ihnen vorbei und brachten sich irgendwo in Sicherheit.
Oben an Deck war die Hölle los.
Ein scharfer Wind peitschte ihnen den Regen wie spitze Nadeln ins Gesicht. Hohe Wellen krachten gegen das Schiff und schleuderten ihre Gischt über die Bordwand. Die blutroten Segel knatterten heftig, und der pitschnasse Steuermann klammerte sich mit aller Kraft an sein

Steuerrad. Grelle Blitze zuckten am Himmel. Plötzlich krachte ein so gewaltiger Donnerschlag, dass den Olchis Hören und Sehen verging.

Der Käpten stand breitbeinig da, fuchtelte mit der eisernen Hand und brüllte seine Kommandos in den Wind: »Holt nieder Fock! Keyomi nach achtern! Sturmsegel setzen! Bewegt euren Hintern!«

Einer der Männer rutschte aus, schlitterte über die nassen Planken und knallte gegen einen Mast. Alle rannten hin und her, aber es sah so aus, als wüsste jeder genau, was er zu tun hatte. Nur die Olchis standen unschlüssig da, hielten sich an der Reling fest und wussten nicht so recht, wie sie helfen konnten.

»Was wollt ihr hier oben?«, brüllte der Käpten. »Habt hier nichts zu suchen!«

»Geht das nicht ein bisschen freundlicher?«, rief Olchi-Oma.
»Ab in eure Kajüte!«, brüllte der Käpten noch ein wenig lauter.
»Na gut«, meinte Olchi-Opa. »Es ist ziemlich ungemütlich hier oben!«
Naturgemäß mochten die Olchis Regenwetter. Zu Hause gab es dabei immer so herrliche Matschpfützen. Aber dieses lausige Unwetter war selbst ihnen zu viel. Schon wieder gab es einen fürchterlichen Donnerschlag. Anscheinend war das Gewitter jetzt direkt über ihnen.
Die Olchis liefen die klitschnasse Treppe hinunter und verkrochen sich in ihrer Kajüte. So gut es ging, machten sie es sich auf ihren Matratzen bequem, aber sie mussten sich gut festhalten, um bei dem heftigen Seegang nicht von ihrem Bett zu rutschen.
Olchi-Oma rieb sich den Bauch und starrte an die Kabinendecke.
»Beim Kröterich, mir ist kotzübel! Es wird immer schlimmer!«
»Denk an was Schönes«, meinte Olchi-Opa. »Denk an Fischgrätensuppe oder Stinkerkuchen!«
Olchi-Oma verdrehte die Augen und stöhnte. Man sah, dass ihre olchigrüne Haut ein bisschen gelblich geworden war.
»Hoffentlich bekommst du nicht auch noch bunte Flecken«, meinte das eine Olchi-Kind besorgt.

»Gib ihr die Kaugummis gegen Seekrankheit, die uns Brausewein geschenkt hat«, schlug das eine Olchi-Kind vor.
»Sind keine mehr da«, murmelte das andere Olchi-Kind verlegen. »Die hab ich schon im Taxi alle aufgefuttert.«
»Oh Käsefuß, oh Käsefuß«, jammerte Olchi-Oma. »Mir gefällt das alles gar nicht mehr! Auch der Käpten ist plötzlich so komisch und gar nicht mehr freundlich!«
Eine Weile sagte keiner mehr ein Wort.
Von draußen hörte man das Krachen der Wellen und die lauten Rufe der Männer.
»Mir ist vorhin etwas Merkwürdiges aufgefallen«, sagte das eine Olchi-Kind plötzlich.
»Was denn?«, fragte Olchi-Opa.
»Der Käpten hat vorhin seine Jacke ausgezogen. Da hab ich gesehen, dass er genau das gleiche Tattoo am Arm hat wie Johnny Goldloch, unser Taxifahrer.«
»Welches Tattoo meinst du denn?«
»Das Bild mit der Frau, unter dem *Mama* steht. Sie haben beide genau das gleiche!«
»Bist du sicher?«, sagte Olchi-Opa. »Dann haben sie vielleicht die gleiche Mama? Beim Hühnerich, wie ist denn so was möglich?«
Sie konnten es sich nicht erklären. Nachdenklich starrten sie durch das Bullauge in die rabenschwarze Nacht und hofften, dass sich der Sturm bald legen würde. Doch da draußen zuckten immer noch die Blitze, der Wind pfiff

und heulte wie tausend Gespenster, und die Holzbalken ächzten, als wollten sie jeden Moment auseinanderbrechen.
Olchi-Oma rieb sich stöhnend den Bauch.
»Hätten wie nur auf Olchi-Papa gehört. So eine Kreuzfahrt ist nichts für uns. Wären wir nur zu Hause geblieben!«
Olchi-Opa räusperte sich.
»Hab ich euch schon erzählt, wie mir vor 400 Jahren ein Tintenfisch das Leben gerettet hat? Ich war gerade mit einem Fesselballon ins Meer gestürzt, da kam mir dieser freundliche Tinterich entgegengeschwommen und sagte zu mir …«
»Ranzige Filzlaus!«, unterbrach ihn Olchi-Oma unwirsch. »Kannst du bitte einen Moment lang einfach nur still sein?« Sie krümmte sich zusammen, als das Schiff sich ein weiteres Mal aufbäumte wie ein wildes Pferd und herumgeschleudert wurde wie eine Nussschale in einer windgepeitschten Matschpfütze.

Eisenhand zeigt sein wahres Gesicht

Erst gegen Morgen beruhigte sich das Wetter. Der Himmel klarte auf, und nur am Horizont bauschten sich noch ein paar finstere Gewitterwolken.
Todmüde suchten die Männer ihre Kojen auf. Der krumme Heiner schaffte es nicht mal mehr bis zu seiner Matratze. Er legte sich unter der Treppe auf die harten Planken und schlief sofort ein.
Auch der Käpten sah blass aus. Er schwankte in seine Kajüte, riss sich die Stiefel von den Füßen und zog seine tropfnasse Jacke aus. Gerade nahm er einen letzten Schluck Rum, als es an seiner Tür klopfte.
»Wer da?«, knurrte er ungehalten.
Es war Olchi-Opa.
»Muffelfurzteufel, Olchi-Oma geht es nicht gut. Sie will wieder umkehren!«, sagte er.
»Hä?« Der Käpten glotzte ihn mit wässerigen Augen an.
»Wir wollen wieder heim«, erklärte ihm Olchi-Opa. »Wir möchten zurück nach Schmuddelfing.«
»Du kannst mich mal!«, brüllte der Käpten. Er warf sich auf sein Bett und drehte Olchi-Opa den Rücken zu.

Verdutzt stand Olchi-Opa da. Und schon hörte er den Käpten nur noch schnarchen.
Er knallte die Tür zu und lief zurück zur Kabine.
»Spotz-Teufel!«, rief er entrüstet. »Stellt euch vor, der Kerl hat mich einfach rausgeworfen!«
»Ach, du heiliger Müllsack«, seufzte Olchi-Oma.
»Warten wir, bis er ausgeschlafen hat. Vielleicht ist er dann wieder besserer Laune.«

Doch als Käpten Eisenhand nach ein paar Stunden wieder aufwachte, war seine Stimmung eher noch schlechter.
Die Olchis saßen schon oben an Deck und futterten ein paar leere Blechdosen.
»Krötigen guten Morgen!«, begrüßte Olchi-Oma den Käpten. »Hast du gut geschlafen?«
»Was willst du?«, brummte Eisenhand und rieb sich das Gesicht.
»Mir geht's wieder besser«, erklärte Olchi-Oma. »Aber trotzdem möchten wir unsere Kreuzfahrt doch lieber abbrechen.«
»Wir verzichten auf den Rest der Reise!«, fügte Olchi-Opa schnell hinzu.
»Wir wollen zurück auf unseren Müllberg!«, riefen die Olchi-Kinder. Alle schauten den Käpten erwartungsvoll an.
Eisenhand kratzte seinen Bart und knurrte ungehalten:
»Hab eure Faxen langsam dicke!« Seine Gesichtsfarbe wechselte mit einem Mal auf Puterrot.

»Schafft sie mir endlich aus den Augen!«, brüllte er.
Plötzlich waren die Olchis von finster dreinschauenden Männern umringt. Alle hatten Säbel und lange Flinten in der Hand.
»Nach unten in die Kammer!«, knurrte der Käpten.
Die Olchis machten ein verdutztes Gesicht.
Olchi-Oma rief: »Ölige Mistwanze, was soll das?«
Sie ballte die Fäuste und machte einen Schritt auf Eisenhand zu. Olchi-Opa ahnte, dass gleich etwas Schlimmes passieren würde. Wenn Olchi-Oma erst mal der Kragen platzte, dann war nicht mit ihr zu spaßen. Er hielt sie am Ärmel zurück und rief:
»Pass auf! Sie haben Schießgewehre!«, weil er wusste, wie gefährlich so was war.
»Los, vorwärts!«, befahl der krumme Heiner und stupste Olchi-Opa mit seinem Säbel in den Bauch.

Und so ließen sich die Olchis von Eisenhands Männern abführen. Sie wurden ganz nach unten in den Bauch des Schiffes gebracht und in eine dunkle, muffige Kammer gestoßen. Hier gab es nichts außer einem Haufen Abfall und einem rostigen Kübel in der Ecke.
»Das ist jetzt ein Witz, oder?«, stieß Olchi-Opa aus.
Einer der Männer drückte ihm seine Flinte direkt auf die Knubbelnase, und Keyomi knurrte:
»Habt ihr noch nicht kapiert? Ihr seid unsere Geiseln!«
»Geiseln?«, fragten die Olchi-Kinder verwirrt. »Was ist das denn?«
»Eisenhand will Lösegeld für euch«, erklärte der krumme Heiner. »Der Bürgermeister von Schmuddelfing wird sicher eine Menge für euch bezahlen!«
»Ach, du grüne Beule!«, rief Olchi-Oma. »Seid ihr etwa richtige Piraten?« Die Männer lachten, und der krumme Heiner spuckte durch eine Zahnlücke.
»Du merkst auch alles! Aber wenn ihr euch anständig benehmt, wird euch nichts geschehen!«
Er knallte die Tür zu, und es wurde stockfinster. Die Olchis hörten, wie sich der Schlüssel im Schloss drehte. Sie waren gefangen.
Naturgemäß hatten sie sehr gute Augen, und so konnten sie auch in völliger Dunkelheit noch etwas erkennen. Der muffige Raum war so niedrig, dass sie gerade noch aufrecht stehen konnten. Drüben am Abfallhaufen machten sich drei fette Ratten zu schaffen.

»Beim Käserich!«, rief Olchi-Opa verärgert. »Ohne ihre Gewehre hätte ich diese Kerle ungespitzt in den Erdboden gerammt!«
»Und was machen wir jetzt?«, fragte das eine Olchi-Kind.
»Abwarten«, meinte Olchi-Opa. »Sobald sich die Lage beruhigt hat, brechen wir die Tür auf.«
»Und dann?«, fragte das andere Olchi-Kind.
»Dann muss uns etwas einfallen.«

Das olchige Düftchen

Eine ganze Weile hockten sie auf dem feuchten Fußboden, sahen den Ratten beim Futtern zu und überlegten, wie sie sich aus ihrer misslichen Lage befreien könnten.
»Piraten!«, jammerte Olchi-Oma. »Warum haben wir das nicht gleich gemerkt?«
Im Abfallhaufen fanden die Olchi-Kinder einen feinen alten Lappen, einen duftenden Stiefel und drei leere Dosen.
»Wie könnt ihr jetzt nur schon wieder ans Essen denken?« Olchi-Oma war wirklich verzweifelt. »Müsst ihr denn andauernd futtern?«
»Wir sind Olchis!«, sagten die Olchi-Kinder. »Ein Olchi darf essen, wann er will und was er will und so lange er will! Und wir kommen hier schon wieder raus. Mach dir keine Sorgen, Oma.«
»Ja, lass die Kinder«, sagte Olchi-Opa. »Ist doch gut, wenn sie Appetit haben.«
Um sich die Zeit zu vertreiben, versuchte er, den Ratten ein paar Kunststücke beizubringen. Männchen machen, Purzelbaum schlagen und Salto rückwärts. Doch die drei Schiffsratten waren lange nicht so gelehrig wie die olchi-

gen Müllberg-Ratten zu Hause. Sie hatten keine Lust auf Olchi-Opas Turnübungen und verkrümelten sich durch ein Loch in der Wand.
Olchi-Oma gähnte. »Ob der Bürgermeister wirklich Geld für uns bezahlen wird?«
»Hoffen wir's«, sagte Olchi-Opa. »Wer weiß, was diese Piraten sonst mit uns anstellen.«
»Ach, du ranziger Schlammlappen!«, rief Olchi-Oma. »Jetzt machst du mir auch noch Angst!«
»Ich habe eine Idee!«, sagte das eine Olchi-Kind und fasste in seine Hosentasche. Es zog das kleine Parfümfläschchen mit dem Stinkerspray heraus, das ihnen Professor Brausewein mitgegeben hatte.
»Wir haben doch noch unser Gefurztagsgeschenk! Damit können wir uns den Weg freistinkern!«
Es öffnete die Flasche und drückte auf die Sprühdüse. Augenblicklich erfüllte ein fürchterlicher Gestank den Raum. Jeder normale Mensch wäre auf der Stelle aus den Socken gekippt. Doch die Olchis fanden diesen Geruch total krötig. Olchi-Oma kam richtig ins Schwärmen.
»Was für ein herrliches Düftchen! So was dürft ihr mir gern auch mal zum Gefurztag schenken!« Sie hatte für ihr Leben gern Gefurztag und feierte ihn, wann und so oft sie wollte. Manchmal sogar dreimal in der Woche.
»Gib mir das Ding«, sagte Olchi-Opa und nahm das Fläschchen an sich. »Kein schlechter Plan. Damit können wir sie vielleicht außer Gefecht setzen.«

»Und dann?«, fragte Olchi-Oma. »Wenn wir sie überwältigt haben, wie sollen wir das große Schiff ganz alleine steuern?«
»Ach, das ist kein Problem«, erklärte Olchi-Opa. »Ich hab mal ein U-Boot fast ganz allein gesteuert. Das ist zwar ziemlich lange her, aber wenn ich kräftig nachdenke, fällt mir vielleicht wieder ein, wie es funktioniert.«
»Na toll. Ein U-Boot …«, brummte Olchi-Oma.
»Am besten, wir fliehen in einem der Rettungsboote«, meinten die Olchi-Kinder. Sie hatten gesehen, dass am hinteren Ende des Schiffes zwei kleine hölzerne Boote befestigt waren. »Irgendwo muss doch diese Dracheninsel sein. Dort gehen wir dann an Land.«
»So machen wir's, Stinkerlinge«, sagte Olchi-Oma. »Worauf warten wir noch?«
Die Tür aufzubrechen, war ein Kinderspiel.
Es genügte, dass sie sich kräftig dagegenstemmten, schon knallte das Schloss aus der Verankerung, und der Weg war frei.
»Keine Wachen da«, flüsterte Olchi-Opa. »Schnell weiter!«
So leise wie möglich schlichen sie den dunklen Gang entlang. Olchi-Opa hatte das Stinkerspray griffbereit in der Hand. Sie gelangten über eine Treppe auf das Deck, wo sich ihre Kabine befand. Als sie an der Schiffsküche vorbeischlichen, drehte ihnen der dicke Koch glücklicherweise den Rücken zu, sodass sie unbemerkt an ihm vorbeikamen.

Doch als sie plötzlich ein lautes Klopfen hörten, blieben sie erschrocken stehen. An der Treppe, die nach oben zum Deck führte, sahen sie Keyomi.
Er reparierte irgendetwas und schlug mit einem Hammer Nägel in die Holzwand. Noch hatte er die Olchis nicht bemerkt. Erst als sie schon drei Schritte hinter ihm waren, drehte er sich um.
»Wie zum Teufel seid ihr …?«, rief er, dann traf ihn auch

schon Olchi-Opas Stinkerwolke. Der Hammer fiel ihm aus der Hand, als er sich an die Nase fasste. Keyomi zog eine Grimasse, rang nach Luft und ging hustend in die Knie.

So schnell sie konnten, liefen die Olchis weiter. Jetzt hatten sie alle Vorsicht vergessen. Sie sausten die Treppe hoch und stießen direkt mit zwei weiteren Piraten zusammen.

Doch ehe die verblüfften Männer reagieren konnten, traf sie Olchi-Opas Stinkerwolke. Sie hielten sich die Nase zu, verdrehten die Augen und japsten nach Frischluft.

»Schnell zum Boot!«, schrie Olchi-Opa.

Das Rettungsboot loszumachen, war nicht schwer. Mit ihren olchigen Zähnen bissen sie die Halteleinen durch, gaben dem Boot einen Schubs, und es klatschte hinunter aufs Wasser.

»Runterspringen!«, kommandierte Olchi-Opa. Das Boot war schon ein Stück abgetrieben. Jetzt musste es schnell gehen.

»In das nasse Wasser?«, kreischte Olchi-Oma und klammerte sich an der Reling fest. Fünf Meter tief unter ihnen kräuselten sich die Wellen.

Aber die Olchi-Kinder zögerten keine Sekunde. Sie nahmen ihre Oma fest an die Hand und sprangen mit ihr los. Alle vier Olchis klatschten fast gleichzeitig in das salzige Wasser. Prustend kamen sie wieder hoch.

»Ich bin Nichtschwimmer!«, japste Olchi-Oma.

Olchi-Opa packte sie an den Schultern und paddelte mit ihr los. Er war ein guter Schwimmer. Vor ein paar Jahren hatte er einmal das Olchi-Baby gerettet, als es von Feuerstuhls Rücken ins Meer gefallen war. Aber das ist eine andere Geschichte.
Die beiden Olchi-Kinder hatten das rettende Boot bereits erreicht und kletterten hinein. Nun konnten sie Olchi-Opa und Olchi-Oma ein Stück entgegenrudern.
Als endlich alle sicher im Boot waren, stieß Olchi-Oma einen erleichterten Seufzer aus.
»Muffelfurzteufel! Das war knapp!«
Das Piratenschiff hatte sich bereits ein ziemliches Stück entfernt.
»Vor ihren Gewehren sind wir jetzt sicher«, meinte Olchi-Opa. »Hat doch prima geklappt, beim Läusefurz!«
Er zog seine nasse Jacke aus und übernahm die Ruder.

Wasser, Wasser, Wasser

Bald war das Piratenschiff ganz außer Sichtweite. Obwohl das Meer nicht mehr stürmisch war, schaukelten die Wellen das kleine Rettungsboot noch kräftig hin und her.
»Oh Käserich, oh Käserich«, begann Olchi-Oma schon wieder zu jammern. »Ich fühl mich so scheußlich frisch gewaschen!« Sie rümpfte die Knubbelnase und schüttelte sich. Durch das unfreiwillige Bad waren sie alle entsetzlich sauber geworden.
»Wirklich unglaublich viel Wasser in so einem Meer«, meinte Olchi-Oma. »Kannst du nicht schneller rudern, Opa?«
»Ich weiß ja gar nicht, wohin ich rudern soll«, brummte Olchi-Opa.
»Irgendwo muss doch diese Dracheninsel sein«, überlegte das eine Olchi-Kind. »Mit ein bisschen Glück finden wir die doch, oder?«
»Hoffen wir's«, knurrte Olchi-Oma.
»Muffelfurzteufel«, sagte Olchi-Opa. »Klar finden wir die. Das ist auch unsere einzige Chance.«

Er legte sich mächtig ins Zeug und ruderte, so schnell er konnte. Trotzdem schien es, als würden sie auf dieser riesigen Wasserfläche kein Stück vorankommen.
Alle Wolken hatten sich verzogen. Die Sonne stand jetzt fast senkrecht und schien stechend auf ihre Knubbelnasen.
Olchi-Oma ließ ihre Augen über den weiten Horizont wandern.
»Tolle Kreuzfahrt«, knurrte sie. »Wären wir doch nur daheim geblieben.«
»Hör endlich auf zu meckern, alte Sumpfwanze«, rief Olchi-Opa. »Vor 700 Jahren hab ich so was Ähnliches schon mal erlebt. Damals hat mich ein Haifisch gerettet. Er hat mich auf seinem Rücken ans Ufer gezogen.«
»Ich seh hier keinen Haifisch«, brummte Olchi-Oma. »Und ein Ufer seh ich schon gar nicht! Verschon mich endlich mit deinen dummen Geschichten!«
Damit war die Stimmung endgültig im Eimer.
Keiner sagte mehr ein Wort, und für eine Weile hörte man nur noch das klatschende Geräusch der Wellen.
Irgendwann zog das eine Olchi-Kind Brauseweins kleine Klapp-Angel aus seiner Hosentasche und hängte sie ins Wasser.
»Was willst du denn damit?«, brummte Olchi-Oma. »Sollen wir etwa frischen Fisch essen?«
»Oma hat recht«, meinte Olchi-Opa. »Vergiss es. Hier kannst du sicher keinen Müll angeln.«

Seufzend rollte das eine Olchi-Kind die Angelschnur wieder ein.
Olchi-Opa ruderte und ruderte, doch noch immer war nirgendwo Land in Sicht. Sie hatten keine Ahnung, wie lange sie nun schon so dahintrieben.
Es war ein Gefühl, als wäre die Zeit stehen geblieben. Die Olchis kamen sich schrecklich verlassen vor. Um sich die Langeweile zu vertreiben, schnüffelten sie ein bisschen

am Stinkerspray, doch auch das machte die Situation nicht viel besser.
»Vielleicht sollten wir unser Olchi-Lied singen?«, schlug das andere Olchi-Kind vor und begann leise zu summen: »Fliegenschiss und Olchi-Furz, das Leben ist doch viel zu kurz …«
»Dass unser Leben kurz ist, will ich jetzt nicht hören!«, rief Olchi-Oma. Griesgrämig und mit verschränkten Armen saß sie da.
Ganz leise sagte das eine Olchi-Kind: »Und zu Hause macht Olchi-Mama sicher gerade schön verbrannten Stinkerkuchen.«
Das andere Olchi-Kind seufzte. »Und Olchi-Papa nimmt ein gemütliches Müllbad. Ob wir jemals wieder Müllbäder nehmen können?«
»Nun reißt euch mal zusammen!«, schimpfte Olchi-Opa. »Ihr seid schließlich Olchis und keine Waschlappen! So schlimm ist das doch alles nicht. Wir werden diese Dracheninsel schon finden!«
Doch so richtig zuversichtlich klang er nicht. Die Olchi-Kinder ahnten, dass er das nur gesagt hatte, um sie beruhigen.

Zehn Kilo Gold

An Bord des Piratenschiffes herrschte eine grottenschlechte Stimmung. Nachdem der Käpten von der Flucht der Olchis erfahren hatte, hatte er einen Wutanfall bekommen, der sich gewaschen hatte. Noch nie hatte seine Mannschaft ihn so außer sich gesehen.

»Euch Schwachköpfe sollte ich an die Piranhas verfüttern!«, brüllte er. Er packte den krummen Heiner am Kragen und schüttelte ihn wie einen Apfelbaum. »Wie konnte das passieren? Bin ich hier nur von Knalltüten umgeben?«

»Tut uns leid, Käpten«, stotterte der krumme Heiner und kratzte sich verlegen an den Bartstoppeln. »Keine Ahnung, wie die Olchis das geschafft haben ...«

»Sind eben einfach ausgebrochen«, sagte Keyomi.

»Halt die Klappe!«, brüllte der Käpten und zerschlug mit seiner Hakenhand eine Rumflasche, dass die Scherben gegen die Bordwand splitterten. Er stapfte wütend hinunter in den Funkraum, setzte sich den Kopfhörer auf und versuchte, einen Funkspruch durchzugeben. Einen Funkspruch nach Schmuddelfing zum Bürgermeister.

Es dauerte fast zehn Minuten, bis er endlich Kontakt bekam.

Eilmeldung an den Bürgermeister von Schmuddelfing.
Vier Olchis sind entführt!!!
Als Lösegeld zehn Kilo Gold besorgen.
Andernfalls sehen die Gefangenen ihren Müllberg nie wieder und werden dem Drachen vorgeworfen.
Das Gold soll in einem Papierkorb
am Stadtrand von Schmuddelfing hinterlegt werden.
Die genaue Position erfahren Sie, wenn ich die Nachricht erhalten habe, dass das Gold besorgt wurde.
Keine Polizei!!!

Sonst kann ich für nichts garantieren.
Mit freundlichen Grüßen und ahoi!
Käpten Eisenhand

Als er damit fertig war, hatte er sich ein wenig beruhigt. Er schob sich ein Stück Kautabak zwischen die Zähne und knurrte zufrieden:
»Eigentlich egal, dass die Grünlinge über Bord gegangen sind. In dem Ruderboot werden sie nicht allzu weit kommen. Aber das müssen die in Schmuddelfing ja nicht wissen. Hauptsache, sie zahlen das Lösegeld!«
Er stapfte nach oben, um alles für den Landgang auf der Dracheninsel vorzubereiten.

Olchis in der Grube

Die Olchis wussten nicht, wie lange sie nun schon in ihrem Rettungsboot dahintrieben. In der Hitze waren ihre Kleider längst getrocknet, und ihre olchigen Hörhörner waren so warm wie Olchi-Opas rostiger Ofen, wenn er ordentlich eingeheizt hatte.
Mit dem Rudern hatten sie sich immer mal wieder abgewechselt. Gerade war das andere Olchi-Kind an der Reihe.
»Ich mag nicht mehr«, brummte es und sah gar nicht glücklich aus. »Müssen wir hier noch ewig so herumrudern?«
Olchi-Opa gähnte müde. Er hatte sich hinten auf den Bootsrand gesetzt und ließ seine Beine ins Wasser baumeln, um sich ein wenig abzukühlen.
Nicht weit entfernt ragte plötzlich eine dreieckige Rückenflosse aus dem Wasser.
»Da kommt ein Haifisch!«, rief Olchi-Opa erschrocken. Schlagartig war seine Müdigkeit wie weggeblasen.
Die graue Flosse kam immer näher. Als der Hai am Boot war, riss er sein zähnebewaffnetes Riesenmaul auf.

»Ranziger Strohsack!«, kreischte Olchi-Opa. Gerade noch rechtzeitig konnte er seine Beine aus dem Wasser ziehen. Der Hai schnappte ins Leere, schoss unter dem Boot hindurch und war verschwunden.
»Da hast du aber Schwein gehabt«, meinte Olchi-Oma. »Er hatte wohl Appetit auf deine Stinkersocken.«
Alle sahen, wie Olchi-Opa zitterte.
Schon kam der Hai wieder an die Wasseroberfläche und umkreiste das Boot wie eine sichere Beute.
»Hast du uns nicht vorhin erzählt, dass du mal auf so einem Haifisch übers Meer geritten bist?«, fragte das eine Olchi-Kind.
»Ach, lass mich in Ruhe«, brummte Olchi-Opa. »Das war vor 400 Jahren, und damals waren die Haie nicht so gefräßig.«
Der Hai drehte noch ein paar Runden um das Boot, dann schien er das Interesse zu verlieren. Erleichtert sahen die Olchis, wie er abdrehte und endgültig in den Tiefen des Meeres verschwand.
Sie beobachteten noch eine ganze Weile das Wasser, aber von dem Hai war nichts mehr zu sehen.
Bald wurde es ihnen wieder stinkelangweilig. Die Zeit verging, und nichts passierte mehr, was ihre trübe Stimmung hätte verbessern können.
Als sie schon dachten, die guten Geister des Schicksals hätten sie endgültig verlassen und sie würden nie mehr irgendwo ankommen, da geschah doch noch etwas.

Wie aus heiterem Himmel hörten sie das Kreischen einer Möwe.
»Wo kommt denn der Vogel plötzlich her?«, fragte Olchi-Oma verwundert.
»Schleimeschlamm und Käsefuß!«, rief Olchi-Opa. »Wo es Vögel gibt, da ist auch irgendwo Land!«
Wie ein weißer Glücksbote kreiste die Möwe über ihrem Boot. Die Olchis fassten wieder Mut.
Und tatsächlich, wie von Olchi-Opa vorausgesagt, sahen sie nach einer Weile einen kleinen dunklen Streifen am Horizont.
Als sie näher kamen, konnten ihre scharfen Olchi-Augen deutlich erkennen, dass der Streifen eine grün bewachsene Insel war.
Und dann sahen sie noch etwas.
In einer Bucht lag das Schiff mit den blutroten Segeln.
»Wir müssen einen Bogen machen und die Insel von der anderen Seite ansteuern«, sagte Olchi-Opa.
»Schneller rudern!«, rief das eine Olchi-Kind. »Sonst entdecken uns die Halunken noch!«
»Schneller kann ich nicht«, sagte das andere Olchi-Kind.
Doch da hatten die Olchi-Kinder eine krötige Idee.

Olchi-Opa musste noch einmal die Ruder übernehmen, und sie ließen sich ins Wasser plumpsen. Sie hielten sich hinten am Boot fest und strampelten kräftig los.
Wie von einem Außenbordmotor angetrieben, glitt das Boot jetzt zügig durch die Wellen.
»Gut so, Stinkerlinge!«, feuerte Olchi-Opa sie an. Nun kamen sie viel schneller voran, und er konnte das Boot in einem weiten Bogen um die Insel herum in eine Bucht lenken.
Dann hatten sie es geschafft. Knirschend glitt das Boot auf den Ufersand.
»Endlich wieder Boden unter den Füßen!«, rief Olchi-Oma und ließ sich erleichtert in den weichen Sand fallen.
Alle schauten sich neugierig um.
Was war das für eine Insel? War sie vielleicht bewohnt?
Eine Menge Palmen säumten den Strand. So weit das Auge reichte, sah man nur Pflanzen und weißes Gestein.
Die Olchis schleiften das Ruderboot über den Strand und versteckten es unter einem Gesträuch. Denn falls die Piraten kamen, durften sie auf keinen Fall sehen, dass sie hier gelandet waren.
Dann zogen sie los, um die Insel zu erkunden.
»Und hier soll es Drachen geben?«, fragte das eine Olchi-Kind. »Na, das will ich mal sehen!«
Sie kletterten auf einen Felsen und hielten Ausschau.
Doch weit und breit sah man keine Drachen. Nur Bäume, Sträucher und Gestein.

»Verflixt einsam ist es hier«, stellte Olchi-Oma fest. »Ich glaube, hier wohnt kein Mensch!«
Auf einer kleinen Lichtung saßen drei kleine Pelztiere mit langen Ohren, die witternd aufschauten und davonhüpften, als die Olchis näher kamen.
Sie folgten einem plätschernden Bach mit glasklarem Wasser, balancierten über moosrutschige Steine und staunten über die schillernden blauen Libellen, die hier herumschwirrten.
In den Bäumen sahen sie Vögel mit langen, bunten Schwanzfedern, die ganz anders aussahen als die Vögel zu Hause in Schmuddelfing.
An einem hohen Felsen blieben sie stehen.
»Beim Hühnerich!«, sagte Olchi-Opa erstaunt. »Das Gras ist hier ganz flach getrampelt. Sieht aus, als wär hier schon jemand entlanggelaufen.«
»Hoffentlich nicht die Piraten«, flüsterte Olchi-Oma.
An mehreren Stellen ergoss sich Wasser über den Hang. In einem großen Wasserfall schillerte das Sonnenlicht wie ein Regenbogen.
»Sieht alles schrecklich sauber aus«, brummte Olchi-Oma. »Ich mag so was gar nicht.«
Ganz nah liefen sie an dem Felsen entlang, bis sie plötzlich direkt hinter dem Wasserfall standen. Wenn sie die Arme ausstreckten, konnten sie diesen Regenvorhang berühren. Doch die Olchis hatten heute keinen Sinn für Naturschönheiten.

»Nirgendwo ein Fitzelchen Müll«, brummte Olchi-Oma.
»Wie soll ein Olchi hier überleben?«
Sie wanderten weiter, und wenig später tat sich vor ihnen eine zweite Lichtung auf. Gelbe und rote Schmetterlinge tanzten im Sonnenlicht, auf einer Steinplatte dösten Eidechsen.
Und dann sahen sie etwas Erstaunliches.
Vor ihnen lag eine Konservendose im Gras.
Eine rostige, leere Tomatendose, die sehr verlockend aussah.
Olchi-Opas Miene hellte sich auf.
»Muffelwind im Ofenloch! Endlich was zu futtern!«, rief

er. Und weil alle schrecklich hungrig waren, durfte jeder ein Stück davon abbeißen.
Aber es wurde noch besser.
Als sie weitergingen, fanden sie noch eine zweite Dose und nur ein paar Meter weiter eine dritte. Dann eine Plastikflasche, eine Tüte, ein Stück Blech und einen alten Turnschuh. Die Olchis staunten nicht schlecht.
»Beim Läusefurz!«, sagte Olchi-Opa. »Sieht aus, als hätte da jemand eine Müllspur gelegt!«
Und gerade als er sich nach dem Turnschuh bücken wollte, brach unter ihnen der Boden weg.
Mit einem lauten Aufschrei stürzten alle vier Olchis in ein tiefes Loch. Erdklumpen, Bambusstangen und Gras prasselten auf sie herab.
»Schleimiger Rattenschwanz!«, kreischte Olchi-Oma entsetzt und rieb sich ihr schmerzendes Hinterteil.
»Wir sind in einer Fallgrube!«, rief Olchi-Opa. Seine Augen suchten nach den beiden Olchi-Kindern, die sich gerade aufrappelten.
Zum Glück hatte sich keiner wirklich wehgetan. Das Loch verengte sich nach oben, sodass sie das Gefühl hatten, auf dem Boden einer Flasche zu sitzen.
»Wie kommen wir hier wieder raus?«, jammerte Olchi-Oma.
Olchi-Opa rieb seine Knubbelnase und überlegte.
»Beim ranzigen Schleimbeutel, wenn wir uns alle aufeinanderstellen, dann kann vielleicht einer von uns da oben rausklettern!«

»Oh Käsefuß, oh Käsefuß«, jammerte Olchi-Oma. »Dass ich so was noch erleben muss!«
Sie kletterte auf Olchi-Opas Schultern, und die beiden Olchi-Kinder stellten sich übereinander auf ihre Olchi-Oma.
»Es geht!«, rief das eine Olchi-Kind von oben. »Ich kann den Rand erreichen!«
Es bekam eine Wurzel zu fassen, machte einen Klimmzug und stemmte sich nach draußen.
»Und was soll ich jetzt machen?«, rief es hinunter in die Grube. »Wie krieg ich euch da raus?«
»Lauf los und hol ein Seil!«, rief Olchi-Opa.
»Ein Seil? Aber wo soll ich das hernehmen? Seile gibt's nur auf dem Piratenschiff!«
Und dann passierte etwas, womit das Olchi-Kind nie im Leben gerechnet hätte.
Plötzlich sagte eine Stimme hinter ihm: »Stehen bleiben! Nicht bewegen!«
Und eine andere krächzende Stimme wiederholte: »Nicht bewegen! Nicht bewegen!«
Das Olchi-Kind fuhr erschrocken herum.
Hinter ihm stand ein grauer Olchi.
Auf seiner Schulter saß ein bunter Papagei.

Olchison Crusel

Der graue Olchi hatte ein rotes Tuch um seine Hörhörner gebunden. Über seinem rechten Glupschauge war eine schwarze Augenklappe, und auf seiner Schulter saß dieser bunte Papagei, der immer weiter krächzte und das Olchi-Kind aufmerksam beäugte. Der Olchi sah aus wie ein Pirat.
»Beim klebrigen Krakenfuß!«, stieß er aus.
»Endlich ist mir jemand in die Falle gegangen! Hab ich euch erwischt, ihr Schurken!«
»Wir sind keine Schurken! Wir sind aus Schmuddelfing!«, rief das Olchi-Kind. »Wir machen hier Urlaub und sind eigentlich auf einer Kreuzfahrt und …«
»Wer ist denn da oben?«, hörte man Olchi-Opa aus der Grube rufen.
»Ihr seid meine Gefangenen!«, schrie der graue Olchi und warf einen Blick hinunter in das finstere Loch.
»Meine Gefangenen, meine Gefangenen!«, wiederholte sein Papagei.
»Fette Flunder! Schatzräuber haben bei mir keine Chance!«, rief der graue Olchi und grinste. Das Olchi-

Kind sah, dass einer seiner spitzen Eckzähne abgebrochen war.

»Keine Chance! Keine Chance!«, krächzte der Papagei und flatterte kurz mit den Flügeln.

Das Olchi-Kind schüttelte den Kopf.

»Wir sind keine Schatzräuber! Wir sind Olchis! Siehst du das nicht?«

Der graue Olchi stutzte. Jetzt erst schien er zu bemerken, wen er da vor sich hatte.

»Tatsächlich, du hast Hörhörner! Hab schon ewig keine Olchis mehr gesehen.«

»Jetzt siehst du ja welche«, sagte das Olchi-Kind. Der graue Olchi deutete mit seinem Säbel in die Fallgrube.

»Und die da unten sind auch alle Olchis?«

»Na klar! Das sind Olchi-Oma und Olchi-Opa und mein olchiger Bruder!«

Der graue Olchi zog die Augenbrauen hoch.

»Bröseliger Haifischknochen! Was für eine fischige Überraschung! Was habt ihr denn hier auf dieser einsamen Insel verloren?«

»Muffelfurzteufel!«, hörte man Olchi-Oma aus der Grube rufen. »Hilft uns vielleicht mal jemand hier raus?«

Der graue Olchi zögerte einen Moment.

Dann sagte er: »Moment, bin gleich wieder da!«, und verschwand im Gebüsch.

Als er wiederkam, hatte er eine Strickleiter dabei.

Sie wirkte selbst gebastelt, denn als Trittstufen waren

ein Dutzend lange Knochen mit einer Schnur zusammengeknüpft.
»Auffangen, Olchis!«, rief er und ließ die Knochenleiter in die Grube fallen.

Wenig später saßen die Schmuddelfinger Olchis mit dem grauen Olchi im Gras und erzählten, was sie erlebt hatten. Dass sie eigentlich eine Kreuzfahrt gebucht hatten, aber von Johnny Goldloch auf ein Piratenschiff gebracht und entführt worden waren. Sie erzählten von ihrer Flucht und wie sie am Ende auf dieser Insel gelandet waren.
Olchi-Oma sagte: »Und jetzt wissen wir nicht, wie es weitergehen soll. Wie kommen wir jemals wieder nach Schmuddelfing zurück?«
»Was für eine verrückte Überraschung«, sagte der graue Olchi. »Noch nie waren olchige Artgenossen hier auf meiner Insel!« Man sah ihm an, wie sehr er sich freute.
»Mein Name ist übrigens Olchison Crusel!«
»Olchison Crusel! Olchison Crusel!«, krächzte sein Papagei.
»Komischer Name«, meinte das eine Olchi-Kind.
»Die Piraten haben sich zuerst über ihn lustig gemacht«, erklärte der graue Olchi. »Inzwischen haben sie sich daran gewöhnt.«
»Die Piraten?«, fragte Olchi-Oma erschrocken. »Meine Güte, du kennst diese Halunken?«

»Na, und ob«, sagte Olchison. »Ich habe vor einigen Jahren auf einem Schiff als Matrose angeheuert. Wollte mir den Wind um die Knubbelnase wehen lassen und mal ein bisschen was von der Welt sehen. Immer nur herummuffeln fand ich langweilig.«
»So geht's mir auch manchmal!«, rief Olchi-Opa.
»Früher hab ich auch jede Menge Abenteuer erlebt! Vor 300 Jahren war ich mal in …«
»Sei ruhig und lass ihn erzählen, Stinkerich!«, unterbrach ihn Olchi-Oma und warf ihm einen strengen Blick zu. Der graue Olchi fuhr fort:
»Ich wollte damals endlich weg von meinem Vetter. Er war nicht mehr auszuhalten! Lange hatten wir zusammen gewohnt, aber am Ende haben wir uns nur noch

gestritten. Er war so entsetzlich ordentlich und sagte immer ö statt o. Ich konnte diesen Besserwisser nicht länger ertragen.«
Die Olchis konnten kaum glauben, was sie da hörten.
»Den kennen wir!«, riefen sie. »Das ist der blaue Olchi! Er besucht uns manchmal und nervt uns dann total mit seinem furchtbaren Ordnungsfimmel!«
»Ihr kennt meinen blauen Vetter?« Olchison schaute sie verblüfft an. »Krätzige Krake! Was für ein Zufall! Dann wisst ihr ja, wovon ich spreche.«
»Und ob«, seufzte Olchi-Opa, und alle Olchis nickten heftig mit dem Kopf.
»Ich brauchte damals also dringend Luftveränderung«, sagte Olchison. »Und so bin ich eine Weile auf einem Frachtschiff herumgeschippert. Bis die Piraten gekommen sind und uns überfallen haben. Käpten Eisenhand und seine Männer haben den Frachter ausgeraubt und mich mitgenommen, hierher auf diese Insel. Sie haben mich hier ganz allein zurückgelassen. Sie zwangen mich, der Wächter für ihre Schätze zu sein, die sie hier versteckt haben.«
»Und du bist seitdem immer ganz allein auf der Insel?«, fragte das eine Olchi-Kind.
»Am Anfang war es nicht leicht, aber man gewöhnt sich an alles«, sagte Olchison. »Mir blieb ja keine Wahl. Schlimm ist nur, dass es hier so selten regnet. Ich vermisse die Schlammpfützen, wenn ich ehrlich bin.«

»Und die Piraten verstecken hier ihre Schätze?«, fragte das andere Olchi-Kind. »Was für Schätze sind das denn?«
»Gold und Silber und Edelsteine«, sagte Olchison. »Hin und wieder kommen sie und verstecken neues Zeug in der Drachenhöhle.«
»Es gibt also wirklich einen Drachen hier?«, fragte das andere Olchi-Kind.
»Ja, ein ziemlich ungemütliches Biest lebt da in der Höhle. Aber ich hab ihn gezähmt und kann inzwischen gut mit ihm umgehen. Die Piraten haben aber alle einen Höllenrespekt vor diesem Vieh.«
»Und die Fallgrube?«, fragt das andere Olchi-Kind. »Hast du die auch gebaut?«
»Wir hätten uns das Genick brechen können«, brummte Olchi-Oma.
»Das tut mir sehr leid«, sagte Olchison. »Die Fallgrube musste ich graben, damit ich eventuelle Schatzsucher erwischen kann, bevor sie überhaupt in die Nähe der Höhle kommen.«
»Ganz schön gut gesichert, dieser Schatz«, brummte Olchi-Opa.
»Die Drachenhöhle möchte ich mir gern mal ansehen«, meinte das eine Olchi-Kind.
»Keine gute Idee. Der Drache ist wirklich gefährlich«, sagte Olchison. Dann klopfte er Olchi-Opa auf die Schulter. »Auf jeden Fall finde ich es aber wunderbar, dass ihr jetzt hier seid. Nun hab ich endlich Gesellschaft.«

»Eigentlich wollten wir gar nicht lange hierbleiben«, sagte Olchi-Oma. Olchison lächelte.
»Das Leben auf der Insel ist im Grunde gar nicht so übel. Hier herrscht immerhin eine himmlische Ruhe.«
»Ruhe ist krötig«, bestätigte Olchi-Opa. »In Schmuddelfing haben wir so viele Touristen, das kannst du dir nicht vorstellen!«
»Touristen gibt es hier wirklich keine«, meinte Olchison.
»Aber was ist mit Eisenhand?«, sagte Olchi-Opa. »Er darf uns auf keinen Fall entdecken. Du musst uns helfen, Olchison! Wir sind doch seine Geiseln, und er will den Bürgermeister erpressen. Er will Geld für uns verlangen.«

»Geld! Geld! Geld!«, krächzte der Papagei.
Olchison seufzte.
»Immer wieder erstaunlich, was die Menschen für Geld so alles anstellen. Hab bis jetzt nicht kapiert, wieso sie das so schrecklich wichtig nehmen. Man kann doch auch ohne Geld zufrieden herummuffeln.«
»Uns schmeckt so was überhaupt nicht«, bestätigten die Olchi-Kinder. »Wir haben schon oft Geldstücke gekaut, und die waren nie was Besonderes.«
»Tja, ist wohl Geschmacksache«, meinte Olchison. »Aber ob euer Bürgermeister überhaupt etwas für euch bezahlen wird? Das wollen wir erst mal abwarten.«
»Was passiert, wenn er für uns bezahlt hat?«, fragte das eine Olchi-Kind.
»Na, dann bringen euch die Piraten vielleicht wieder nach Hause«, sagte Olchison.
»Und wenn er nicht bezahlt?«, fragte das andere Olchi-Kind.
»Dann bleibt ihr hier auf der Insel und leistet mir Gesellschaft. Ihr könnt mit mir zusammen den Schatz bewachen. Wie gesagt, ich würde mich freuen!«
»Freuen! Freuen! Freuen!«, krächzte der Papagei.
»Schleimige Matschkröte, wir wollen lieber daheim unseren Müll bewachen«, murmelte Olchi-Opa traurig.

Olchison schleppt Kisten

Dann musste Olchison dringend los, denn er sollte den Piraten beim Verstauen ihrer Schatzkisten helfen. Sicher warteten sie schon ungeduldig auf ihn.
Die Olchis begleiteten ihn bis zur Mitte der kleinen Insel. Auf einer Anhöhe blieb der graue Olchi stehen.
Von hier oben konnte man die halbe Bucht überblicken. Da draußen lag das Piratenschiff vor Anker. Eisenhand, Keyomi, der krumme Heiner und noch ein dritter seiner Männer waren mit einem Boot ans Ufer gerudert. Olchison wusste, dass der dritte Mann Flosse hieß. Er war bestimmt drei Zentner schwer und tätowiert bis zum Hals.
Die Männer hatten es sich mit ihren Rumflaschen auf einem Sandstreifen bequem gemacht. Neben ihnen standen drei große Kisten.
»Seht ihr die neuen Schatzkisten?«, sagte Olchison. »Die muss ich jetzt in die Drachenhöhle schleppen. Ihr wartet hier auf mich! Wenn ich fertig bin, komme ich wieder zurück, dann zeig ich euch meine Hütte.«
»Du hast eine Hütte?«, fragte das eine Olchi-Kind.

»Die hab ich selber gebaut«, sagte Olchison. »Glaubt ihr, ich sitze den ganzen Tag nur im Freien herum?«
»Hast du dort was zu futtern?«, fragten die Olchi-Kinder. »Hast du noch ein bisschen Müll für uns?«
»Die Müllspur zur Fallgrube war alles, was ich hatte«, erklärte Olchison. »Ich selber esse meistens Fischgräten, Schneckenhäuser und Muschelschalen. Natürliche Sachen eben. Manchmal habe ich aber auch Glück, und es wird ein bisschen Müll angespült. Dann gibt es ein Festessen.«
»Ach, du schlapper Schlammfuß!«, sagte Olchi-Oma. »So eine einseitige Ernährung ist aber auf Dauer nicht gesund.«
»Wie gesagt, man gewöhnt sich an alles«, meinte Olchison.
Ohne sich noch einmal umzusehen, lief er den Abhang hinunter. Sein Papagei flatterte krächzend voraus.
»Hoffentlich verrät er uns nicht«, murmelte Olchi-Opa. »Meint ihr, wir können ihm wirklich vertrauen?«
Der graue Olchi war jetzt unten an der Bucht angekommen. Anscheinend freuten sich die Piraten, ihn zu sehen. Käpten Eisenhand bot ihm seine Rumflasche an, doch Olchison schüttelte den Kopf. Er setzte sich kurz neben die Männer in den Sand. Es sah aus, als hätten sie etwas zu besprechen. Dann ging er zu einer der Kisten, stemmte sie hoch über seinen Kopf und stapfte mit ihr los.
»Seht euch das an!«, brummte Olchi-Oma. »Diese Schurken lassen ihn den ganzen Krempel allein schleppen.«

Eine ganze Weile saßen sie hinter ihrem Gebüsch und beobachteten, was am Strand vor sich ging.

Eisenhand hatte sich unter einer Palme ausgestreckt und döste. Die drei anderen zogen ihre Kleider aus, sprangen splitternackt ins Wasser und versuchten, sich gegenseitig unterzutauchen. Sie spritzten sich nass wie kleine Kinder und hatten einen Mordsspaß dabei.

Inzwischen hatte Olchison schon die zweite Kiste weggebracht.

»Er sagt, er heiße Olchison Crusel«, überlegte das eine Olchi-Kind. »Beim Läuserich, wieso haben wir eigentlich keine Namen? Wieso heiße ich immer nur *das eine Olchi-Kind*?«

»Ach was, Namen sind doch nicht so wichtig«, meinte Olchi-Oma. »Wir können euch auch so auseinanderhalten.«
»Ein richtiger Name wär schon mal krötig«, sagte das eine Olchi-Kind und bohrte in seiner Knubbelnase. »So ein Name, der mir ganz allein gehört.«
»Beim Käserich, wie würdest du denn gerne heißen?«, fragte Olchi-Oma verwundert.
»Beethoven«, sagte das eine Olchi-Kind, ohne lange nachzudenken.
»Beethoven? Komischer Name. Wieso das denn?«
»Ich hab mal gehört, wie die Frau Bürgermeister von einem Beethoven erzählt hat, der so krötige Musik machen kann. Und ich singe doch auch so gern unsere Olchi-Lieder.«
»Quatsch mit Soße«, sagte Olchi-Oma. »Du bist unser Olchi-Kind, und das reicht doch.« Sie gähnte so kräftig, dass ein paar Mücken ohnmächtig auf den Boden stürzten.
»Ich bin auch müde«, sagte Olchi-Opa und legte sich unter das Gebüsch in den Schatten.
Die drei Piraten waren nun wieder aus dem Wasser gekommen. Sie schlüpften in ihre Klamotten und schnallten sich die Gürtel um. Auch Olchison war wieder eingetroffen. Ohne zu zögern, wuchtete er sich die dritte Schatzkiste auf die Schulter.
Käpten Eisenhand stand auf, und alle schulterten ihr

Gewehr. Sie gingen hinter Olchison her und waren bald hinter einem Felsen verschwunden.
»Beim Käsefuß«, sagte Olchi-Oma. »Auch wenn uns die Piraten nicht entdecken, wie kommen wir ohne Schiff wieder zurück nach Schmuddelfing?«
»Mach dir keine Sorgen, Oma«, sagte das eine Olchi-Kind. »Vielleicht rettet uns ja Professor Brausewein.«
»Beim Hühnerich, wieso das denn? Wie kommst du jetzt auf Brausewein?«
»Wir haben doch seinen Peilsender aktiviert, Oma«, erklärte das eine Olchi-Kind. Es deutete auf die kleine Armbanduhr an seinem Handgelenk. »Wenn das Ding funktioniert, dann wissen sie zu Hause längst, wo wir uns befinden!«
»Und die Erfindungen von Brausewein funktionieren fast immer«, bestätigte das andere Olchi-Kind.
Olchi-Oma schüttelte den Kopf. »Aber wozu soll das gut sein? Wir sind doch schrecklich weit weg von zu Hause.«
»Brausewein wird schon was einfallen«, meinte das eine Olchi-Kind. »Er ist schließlich ein Erfinder!«

Die Lage ist ernst

Im fernen Schmuddelfing war die Aufregung groß.
Der Bürgermeister hatte im Rathaus den Funkspruch von Käpten Eisenhand empfangen und war völlig außer sich. Er führte ein paar Telefonate, die ihn nur noch mehr beunruhigten, dann wählte er die Nummer seiner Frau.
»Zehn Kilo Gold soll ich besorgen!«, rief er in sein Handy. »Sonst sehen wir die Olchis nie wieder! Was mache ich denn jetzt?« Verzweifelt raufte er sich die wenigen Haare.
»Ach, du heiliger Bimbam«, rief Elisabeth. »Bist du sicher, dass das kein Scherz ist? Vielleicht nur ein dummer Streich von einem Spaßvogel?«
»Nein, ich glaube, die Lage ist ernst. Ich habe gerade mit der *Esmeralda* telefoniert. Dort sind die Olchis nicht registriert. Sie sind nie an Bord gegangen! Weiß der Kuckuck, wie sie in die Fänge der Piraten geraten sind.«
»Hast du mit Johnny Goldloch gesprochen?«, fragte Elisabeth.
»Natürlich! Angeblich hat er die Olchis sicher auf der *Esmeralda* abgeliefert. Das Ganze ist wirklich sehr mysteriös!«

»Und das Lösegeld? Wo soll das Gold denn übergeben werden?«
»In irgendeinem Papierkorb! Wo genau, will man mir noch mitteilen.«
»Hast du schon die Polizei verständigt?«
»Noch nicht«, sagte der Bürgermeister. »Wir müssen alles versuchen, damit den Olchis kein Haar gekrümmt wird!«
»Wirst du das Gold besorgen?«
»Nicht, wenn es sich vermeiden lässt!«
Kurz darauf traf sich der Gemeinderat zu einer Notfallsitzung. Alle überlegten, ob man die Polizei einschalten sollte oder nicht.
»Der Entführer hat ausdrücklich verlangt: keine Polizei!«, erklärte der Bürgermeister. »So was kann schiefgehen. Das kennt man ja aus den Krimis im Fernsehen.«
Doch nicht alle Mitglieder des Gemeinderates waren seiner Meinung, und es herrschte ein großes Kuddelmuddel.
Als man schließlich gar nicht mehr weiterwusste, unterbrach der Bürgermeister die Sitzung und telefonierte mit Professor Brausewein in Gammelsberg. Der war bekanntlich ein Genie und für so ein schwieriges Problem sicher der geeignete Mann.
Brausewein ließ alles stehen und liegen, raste mit dem Auto nach Schmuddelfing und eilte ins Rathaus.
Inzwischen wusste er, wo sich die Olchis aufhielten. Er hatte die Koordinaten des Peilsenders empfangen und gleich auf einer Seekarte nachgeguckt.

»Die entführten Olchis befinden sich momentan auf einer Insel«, erklärte er dem Bürgermeister. »Es ist eine kleine, fast unbekannte Insel mitten im Meer, nicht weit weg vom Äquator. Garantiert unbewohnt. Auf uralten Seekarten wird sie als Dracheninsel bezeichnet. Aber die Geschichte mit dem Drachen ist sicher nur eine Sage.«
Brausewein fand es wichtig, die Polizei zu verständigen. Und schon zehn Minuten später erschien auch Herr Schnurrhahn, der Polizist, im Rathaus. Er notierte alles in seinem Notizblock. »Eins nach dem anderen«, sagte er. »Wir warten jetzt ab, bis der nächste Funkspruch der Piraten kommt. Dann sehen wir weiter.«
Natürlich mussten auch die daheim gebliebenen Olchis verständigt werden. Das wollte der Bürgermeister persönlich übernehmen und machte sich mit Brausewein auf den Weg zur olchigen Müllkippe.
Olchi-Papa verschluckte sich an einem Stück Dosenblech, als er erfuhr, dass die Olchi-Kinder und die Großeltern in der Hand von Piraten waren.
Auch Olchi-Mama konnte kaum glauben, was ihnen der Bürgermeister da erzählte.
»Sie werden auf einer Insel gefangen gehalten? Beim Hühnerfurz! Ich hab doch gewusst, dass so eine Reise gefährlich ist! Konntest du uns nicht etwas anderes schenken? Warum musste es ausgerechnet eine Kreuzfahrt sein?«
Der Bürgermeister machte ein unglückliches Gesicht.

»Ich weiß«, sagte er. »Das alles ist mir schrecklich unangenehm. Aber ich konnte so was doch nicht ahnen!«
Olchi-Papa knurrte verärgert: »Was hab ich immer gesagt? Ein Olchi gehört auf einen Müllberg und nicht auf ein Schiff!«
»Jetzt hilft alles Jammern nichts«, sagte Brausewein. »Auch wenn wir das Gold hinterlegen, wer weiß, ob die Piraten ihre Geiseln dann tatsächlich freilassen. Auf das Versprechen solcher Halunken wette ich keinen Pfifferling!«
Der Bürgermeister sagte: »Wir müssen einen kühlen Kopf bewahren und überlegen, was zu tun ist!«

»Was gibt es da lange zu überlegen?«, rief Olchi-Papa. »Wir machen uns auf die Stinkersocken und befreien sie! Schleimeschlamm und Käsefuß, und zwar jetzt auf der Stelle und sofort!«
Er packte den Bürgermeister am Jackenärmel. »Feuerstuhl wird uns zu dieser Insel bringen.«
»Was heißt da *uns*?«, fragte der Bürgermeister erschrocken. »Also, ich fliege sicher nicht mit eurem Drachen. Ich bin nicht schwindelfrei!«
Brausewein räusperte sich.
»Wenn ihr wollt, komme ich mit. Auf dem Meer war ich lange nicht mehr.«
»Ich kann leider nicht mitkommen«, sagte Olchi-Mama. »Jemand muss sich um das Olchi-Baby kümmern.«
»Kein Problem«, sagte Olchi-Papa. »Brausewein und ich werden zu dieser Insel düsen und den Halunken das Fell über die Ohren ziehen! Wir bringen unsere Olchi-Kinder zurück. Und Olchi-Oma und Olchi-Opa auch. Das wär doch gelacht, beim windigen Frischluftfurz!«
»Ach, du meine Güte, wollt ihr das wirklich tun?«, sagte der Bürgermeister. »Ist das nicht viel zu gefährlich?«
Doch auch Brausewein schien entschlossen.
»Olchi-Papa hat recht«, sagte er. »Wir sollten keine Zeit verlieren. Manchmal muss man über seinen Schatten springen und ein bisschen mutig sein. Oder haben Sie eine bessere Idee?«
»Nein, leider nicht«, sagte der Bürgermeister.

Die Höhle der Bestie

Noch immer warteten Olchi-Opa, Olchi-Oma und die Olchi-Kinder auf dem Hügel im Gebüsch auf den grauen Olchi.
Olchi-Opa war gerade aufgewacht und reckte sich.
»Ich hab was Krötiges geträumt«, sagte er. »Wir sind von der Insel geflohen!«
»Mit unserem Ruderboot?«, fragten die Olchi-Kinder.
»Nein, das wär viel zu weit bis nach Hause«, sagte Olchi-Opa. »In meinem Traum haben wir die Mannschaft auf dem Piratenschiff überwältigt und uns das Schiff unter den Nagel gerissen. Olchison hat uns dabei geholfen! Er wusste, wie man so ein Segelschiff steuert.«
Olchi-Oma seufzte.
»Wer weiß, ob er uns dabei tatsächlich helfen würde. Ich bin mir nicht mehr so sicher, ob auf ihn wirklich Verlass ist.«
»Du denkst, er kommt doch nicht wieder?«, sagte das eine Olchi-Kind erschrocken.
»Bei meinem Stinkefuß«, brummte Olchi-Opa. »Ich hab auch ein mulmiges Gefühl. Vielleicht hat er es sich in-

zwischen anders überlegt. Wenn er uns an die Piraten verraten hat, können die Halunken jeden Moment hier auftauchen.«

Olchi-Oma meinte: »Wir dürfen hier nicht herumsitzen und darauf warten, dass sie über uns herfallen. Wir sollten sie suchen! Wir müssen wissen, wo sie sind!«

Die Olchis verließen ihr Versteck, liefen den Abhang hinunter und schlugen den Weg ein, den sie gekommen waren. Und sie hatten Glück.

Schon an der ersten Lichtung sahen sie sie.

Der graue Olchi trug die Kiste, und die vier Piraten stapften im Gänsemarsch hinter ihm her. Sie folgten ihnen so leise wie möglich. »Sicherheitsabstand halten!«, flüsterte Olchi-Opa.

Kein Ästchen durfte knacken, und der kleinste Rülpser konnte sie verraten.

Als die Piraten stehen blieben, verharrten auch die Olchis. Mit starr aufgestellten Hörhörnern lauschten sie in die Stille des Waldes hinein. Deutlich hörten sie jetzt die Stimmen der Männer und Eisenhands heiseres Gelächter. Und plötzlich sahen sie sie in einem Spalt zwischen den Felsen verschwinden.

»Der Felsspalt könnte der Eingang zur Drachenhöhle sein«, sagte Olchi-Opa.

»Ich seh hier aber keinen Drachen«, flüsterte das eine Olchi-Kind.

»Olchison hat uns angeschummelt!«

»Drachen sind eigentlich freundliche Tiere«, meinte Olchi-Opa. »Vor hundert Jahren hab ich mal als Drachenverschmutzer in China gearbeitet. Dort gab es Stampfdrachen, Flugdrachen und Feuerdrachen. Ich hab mich angefreundet mit einem grünen Flugdrachen und …«

»Wirst du wohl still sein!«, zischte Olchi-Oma. »Am Ende hören sie uns noch!«

Aus dem Felsspalt ertönte jetzt ein eigenartiges Grunzgeräusch.

»Ach, du schlapper Schlammlappen«, flüsterte Olchi-Oma. »Was war das denn?«

Es dauerte nicht lange, da kamen Olchison und die Piraten ohne die Kisten wieder zurück. Käpten Eisenhand grinste zufrieden.

Auch seine Männer waren anscheinend guter Laune.

Der krumme Heiner hatte seinen Säbel gezückt und köpfte übermütig ein paar hohe Pflanzenhalme. Keyomi und Flosse trugen brennende Fackeln, die in der Höhle wohl als Lampe gedient hatten. Sie traten sie mit ihrem Stiefelabsatz aus und schleuderten sie lachend ins Gebüsch.

Zum Glück marschierten sie nicht in Richtung der Olchis, sondern verschwanden links zwischen den Bäumen.

»Los, weiter«, kommandierte Olchi-Opa. »Wir bleiben ihnen auf den Fersen!«

Doch die Olchi-Kinder hatten plötzlich andere Pläne.

Sie waren viel zu neugierig und wollten unbedingt die

Schatzhöhle sehen. Schon waren sie losgerannt und im Felsspalt verschwunden.
»Warum hören sie nur nie auf uns?«, sagte Olchi-Opa zu Olchi-Oma. Jetzt mussten sie den Kindern wohl oder übel hinterherlaufen.
Ein schmaler Korridor zerschnitt das Gestein. Haushoch ragte links und rechts der glatte Fels empor. Die feuchten Wände waren von Moos bewachsen, und von oben tropfte ihnen kaltes Wasser auf die Hörhörner. Der leicht abschüssige Trampelpfad führte zu einem offenen Plateau, auf dem man wieder das Meer sehen konnte. Jetzt standen sie direkt am Höhleneingang. Davor wucherten Pflanzen, deren Blätter größer waren als die Olchi-Kinder.
Wie ein finsterer Schlund lag die Höhle vor ihnen.
»Wollt ihr wirklich da rein?«, fragte Olchi-Oma.
»Los, komm, Oma«, rief das eine Olchi-Kind. »Hab keine Angst!«
Schon waren die Olchi-Kinder in der Höhle verschwunden. Olchi-Oma und Olchi-Opa folgten ihnen zögerlich. Dunkel und moderig war es hier drinnen und still wie in einem Grab. Doch als sie ein ganzes Stück weit vorgedrungen waren, lag noch ein anderer Geruch in der Luft.
»Es riecht wie unser Drache Feuerstuhl«, meinte das andere Olchi-Kind.
Olchi-Opa war stehen geblieben.
»Still!«, flüsterte er. »Hört ihr das?«

Alle spitzten die Hörhörner. Deutlich war jetzt ein eigenartiges Schaben und Keuchen zu hören. Und im nächsten Moment zerschnitt ein so unheimliches Fauchen die Stille, dass ihnen der Schreck in die Glieder fuhr.
»Grätiger Stink...!«, stieß Olchi-Opa aus, doch dann versagte ihm die Stimme.
Ein mächtiges Gebrüll erschütterte die Höhle. Vor ihnen stand ein wütender Feuerdrache.
»Raus hier!«, kreischte Olchi-Oma.
Den entsetzten Olchis standen die Haare zu Berge, denn dieses Ungeheuer sah wirklich zum Fürchten aus. Aus seiner glühenden Schnauze sprühten Funken, und aus

dem weit geöffneten Rachen fuhr eine lodernde Stichflamme. Die Augen, so groß wie Bratpfannen, blitzten die Eindringlinge böse an.
Zu Tode erschrocken, drückten sich die Olchis an die Felswand, aber der Feuer speiende Drache kam immer näher. In diesem Moment hätten die Olchis noch zum Ausgang fliehen können. Doch wie gelähmt standen sie mit dem Rücken zur Wand, und dann war es auch schon zu spät. Der Drache hatte sich breitbeinig vor dem Ausgang aufgebaut und schnitt ihnen so den Rückweg ab. Dunkler Qualm drang aus seinen Nüstern, aus dem Maul züngelten glühend heiß die Flammen, und Olchi-Oma spürte die Hitze auf ihrer Knubbelnase. Das Ungetüm brüllte so laut, dass ihnen die Hörhörner klingelten.
Endlich schafften sie es, sich loszureißen. Hals über Kopf rannten sie davon. Sie stolperten über Felsbrocken und stießen sich die Hörhörner an der niedrigen Decke.
Immer tiefer flohen sie in die Höhle hinein. Glücklicherweise war der Drache nicht besonders schnell auf seinen Beinen. Aber unerbittlich trieb er die Olchis vor sich her.
Sie sprangen über die Schatzkisten, die Olchison hier abgestellt hatte, und ganz kurz blieb Olchi-Opa stehen, um sich nach dem Drachen umzuschauen.
Da kam das Ungeheuer auch schon fauchend um die Ecke gebogen.

Wilde Grunzer, glatter Fels

»Los, hier hinauf!«, rief Olchi-Opa und zeigte auf einen Felsvorsprung. Mit einem Satz waren sie oben. Sogar Olchi-Oma gelang es, im ersten Anlauf hinaufzuspringen. In der Not war sie zu erstaunlichen Leistungen fähig.
Sie kletterten noch ein Stück höher, bis sie schließlich ein schmales Plateau erreichten, wo sie einigermaßen sicher waren. Da hockten sie nun, und ihre kleinen grünen Olchi-Herzen klopften wie verrückt.
»Hier kommt er nicht rauf«, keuchte Olchi-Opa. »Er hat keine Flügel!« Doch das war nur ein schwacher Trost. Fauchend und geifernd stand der wütende Drachen da unten und schleuderte seine lodernden Flammen in Richtung der zitternden Olchis.
Sie spürten zwar die Hitze, doch glücklicherweise saßen sie so weit oben, dass das Feuer sie nicht erreichen konnte.
»Wir sitzen in der Falle«, jammerte Olchi-Oma. »Er wird uns grillen wie Stinkerwürstchen!«
»Wir müssen versuchen, noch weiter hochzuklettern«, überlegte das andere Olchi-Kind. »Vielleicht finden wir da oben irgendwo nach draußen!«

Doch sie sahen, dass der Schacht bald ziemlich eng wurde. Olchi-Oma und Olchi-Opa würden sicher nicht hindurchpassen.
»Heiliger Müllsack«, jammerte Olchi-Oma. »Da werd ich stecken bleiben. Ihr müsst alleine hinauf, Kinderchen!«
»Und was wird aus euch?«, fragte das eine Olchi-Kind.
»Beim Läusefurz«, sagte Olchi-Opa. »Macht euch keine Sorgen. Dieses Drachenvieh wird sich irgendwann beruhigen. Es kann ja nicht ewig so herumtoben.«
»Wenn du dich da nur nicht täuschst«, seufzte Olchi-Oma, denn nach einem Beruhigen sah es bei dem Drachen noch lange nicht aus. Seine wilden Grunzer kamen jetzt stoßweise, und seine Augen hatten sich zu schmalen Schlitzen verengt. Immer wieder versuchte er vergeblich, zu den Olchis hochzuklettern. Wütend krallte er seine scharfen Klauen in den Fels.
So gut es ging, zwängten sich die Olchi-Kinder durch den schmalen Schacht. Zentimeter für Zentimeter stemmten sie sich nach oben wie durch einen engen Kamin. Die Wände waren glatt und feucht, und sie hatten Mühe, nicht abzurutschen.
Trotz des Drachengebrülls hörten sie Olchi-Omas krächzende Stimme: »Aufpassen! Gut festhalten, Stinkerlinge!«
Das muss sie uns nun wirklich nicht sagen, dachte das eine Olchi-Kind. Ihre Olchi-Oma klang ja schon fast wie eine besorgte Menschen-Oma. Aber in solch gefährlichen

Momenten konnte auch ein Olchi schon mal die Nerven verlieren.

Weiter oben machte der Schacht einen Knick und wurde etwas breiter. Hier fanden die Olchi-Kinder kleine Felsvorsprünge, an denen sie sich festhalten und hochziehen konnten.

»Gleich haben wir's geschafft«, keuchte das eine Olchi-Kind.
Tatsächlich erkannten sie jetzt einen schwachen Lichtstrahl. Die Olchi-Kinder machten noch ein paar Klimmzüge – dann hatten sie einen hellen Spalt erreicht, der nach draußen ins Freie führte.
»Sieht schrecklich eng aus«, meinte das andere Olchi-Kind und steckte die Arme und den Kopf in den Felsenschlitz. Es ging gerade so.
Das eine Olchi-Kind musste ein bisschen von unten schieben, dann war das andere Olchi-Kind endlich draußen.
Es beugte sich hinunter, fasste das eine Olchi-Kind an den Händen und zog es ins Freie.
Geblendet vom grellen Sonnenlicht, kniff das eine Olchi-Kind die Augen zu. »Und was passiert jetzt mit Olchi-Oma und Olchi-Opa? Lange werden sie es da drin nicht mehr aushalten.«
»Wir gehen Olchison suchen!«, sagte das andere Olchi-Kind. »Er muss uns helfen! Wenn einer mit diesem Drachenvieh umgehen kann, dann er.«
»Na, hoffen wir's. Erstaunlich, dass diese Bestie Olchison und die Piraten noch nicht aufgefressen hat.«
»Olchison hat ihn ja gezähmt«, meinte das andere Olchi-Kind. »Keine Ahnung, wie er das geschafft hat. Muffelfurzteufel, das war bestimmt nicht leicht!«

Feuerstuhl kommt!

Während die Kinder loszogen, um nach Olchison zu suchen, näherte sich ein weitaus friedlicherer Drache der kleinen Insel. Der Olchi-Drache Feuerstuhl knatterte hundert Meter über dem Meer durch die Lüfte. Normalerweise flog er auf langen Strecken wesentlich höher und manchmal sogar oben in der Wolkendecke. Aber diesmal ging das leider nicht. Er hatte schließlich Professor Brausewein auf seinem Rücken, und der war kein Olchi. Da musste man bei der Flughöhe schon ein bisschen aufpassen.

Brausewein saß hinter Olchi-Papa. In seinem Rucksack war ein Notfallkoffer mit wichtigen Utensilien verstaut. Schließlich war so eine Entführung eine sehr dramatische Situation, da kam es auf die passende Ausrüstung an. Immer wieder blickte er auf sein Navigationsgerät, klopfte Olchi-Papa auf die Schulter und rief ihm Anweisungen zu. So konnte Olchi-Papa Feuerstuhl ohne Umwege geradewegs zur Dracheninsel steuern.

Trotzdem dauerte der Flug länger, als Brausewein gedacht hatte. Es wurmte ihn, dass er seine Winterjacke

nicht angezogen hatte. Jetzt im Spätsommer war es so hoch über dem Meer schon schweinekalt.
Olchi-Papa hatte während des ganzen langen Fluges nur wenig gesprochen. Seine Gedanken waren bei den Olchi-Kindern, bei Olchi-Oma und Olchi-Opa. Er machte sich große Sorgen.
Natürlich dachte er auch an die Piraten und überlegte, wie sie wohl aussahen. Er stellte sie sich als bewaffnete Riesen vor, so stark, dass sie mit einer Hand Bäume ausreißen konnten wie Gänseblümchen. Dann wieder dachte er, dass es roboterartige Monster waren. Mit fiesen kleinen Augen wie Haie. Trotzdem zweifelte er keine Sekunde daran, dass es ihnen gelingen würde, die Olchis zu befreien.
»Schleimeschlamm und Käsefuß!«, rief er gegen den Fahrtwind. »Haltet durch, Stinkerlinge! Gleich bin ich bei euch!«

Ein verhängnisvoller Olchi-Furz

Die Olchi-Kinder waren einfach losgerannt. Sie dachten gar nicht mehr an die Piraten, vor denen sie sich ja in Acht nehmen mussten. Nur noch an Olchison dachten sie und daran, dass sie ihn so schnell wie möglich finden mussten. Die ganze Zeit hatten sie das Bild von Olchi-Oma und Olchi-Opa vor Augen, die dem fürchterlichen Feuerdrachen hilflos ausgeliefert waren.
Kreuz und quer rannten sie über die Insel, aber von Olchison war weit und breit nichts zu sehen.
Auf einer Anhöhe blieben sie keuchend stehen.
Von unten hörte man die Brandung, die sich gegen die Felsen warf.
»Hier riecht's nach Stinkerqualm!«, sagte das eine Olchi-Kind und schnüffelte.
Es hatte sich nicht getäuscht. Direkt unter sich sahen sie eine dünne Rauchsäule aufsteigen.
Da saßen die Piraten an einem Lagerfeuer, hielten lange Stöcke in die Flammen und brieten sich Fische. Auch Olchison war bei ihnen.

»Von wegen er kommt zu uns zurück«, knurrte das andere Olchi-Kind. »Hier sitzt er herum und futtert gemütlich. Auf den hätten wir lange warten können!«
Sie überlegten fieberhaft, was jetzt zu tun war.
Ob sie dem grauen Olchi trotzdem noch vertrauen konnten?
Es sah aus, als stecke er längst wieder mit den Piraten unter einer Decke.

Aber wenn sie Olchi-Oma und Olchi-Opa retten wollten, dann hatten sie keine Wahl. Sie mussten es riskieren. Sie mussten Olchison um Hilfe bitten.
»Wir müssen näher ran«, flüsterte das eine Olchi-Kind. »Ich will hören, was sie reden!«
Geduckt und leise wie zwei Katzen schlichen sie von Busch zu Busch. Als sie nah genug waren, gingen sie hinter einem Felsbrocken in Deckung.
Doch dann passierte es.
Als das eine Olchi-Kind sein Bein ausstreckte, löste sich ein Stein. Er purzelte den Abhang hinunter und knallte knapp neben den Piraten in den Sand.
Der Käpten war blitzschnell aufgesprungen.
»Was zum Teufel …?«, stieß er aus. Er hatte das Gewehr im Anschlag, und seine Augen wanderten suchend über die Klippen.
Doch da war nichts Verdächtiges zu sehen.
Die erschrockenen Olchi-Kinder hockten regungslos hinter ihrem Felsen und hielten die Luft an.
»Sicher nur diese verdammten Ratten«, knurrte der Käpten und setzte sich wieder in den Sand.
Die Piraten lachten.
»Wer sonst könnte es sein?«, fragte Keyomi. »Hier ist doch keiner, oder?« Alle schauten auf Olchison.
»Wer sollte denn hier schon sein?«, sagte der graue Olchi schnell. »Außer mir ist hier nie jemand.«
Als die Olchi-Kinder das hörten, fiel ihnen ein Stein vom

Herzen. Olchison hatte sie nicht verraten! Anscheinend hatte er es nur noch nicht geschafft, von den Piraten wegzukommen.
Als sich die Aufregung gelegt hatte, redeten die Piraten übers Kartenspielen.
Keyomi sah den krummen Heiner finster an und knurrte: »Sag noch mal, dass ich schummele! Dann spieß ich dich auf und brat dich am Lagerfeuer!«
»Vergiss es«, gab der krumme Heiner zurück. »Vorher mach ich Blutwurst aus dir! Du hast vom Pokern so wenig Ahnung wie meine Großmutter vom Fliegenfischen!«
Flosse warf lachend einen morschen Ast ins Feuer, und Eisenhand wandte sich an den grauen Olchi.
»Na, Olchison Crusel, erzähl mal. Was war denn so los auf der Insel? Haben uns ja lange nicht gesehen.«
»Äh, nur so das Übliche«, sagte Olchison. »Nicht viel eigentlich. Genau genommen gar nichts. Mal war das Wetter gut, mal war es schlecht. Wie immer hat es wenig geregnet.«
»Du brauchst Matschpfützen, hab ich recht?« Eisenhand stupste ihn zum Spaß mit seiner Hakenhand, und um ein Haar wäre der graue Olchi in die Flammen gekippt.
»Ja klar«, rief Olchison. »Matschpfützen sind für einen Olchi lebenswichtig! Das hab ich dir schon oft gesagt, beim Haifischzahn! Aber dir ist das ja egal. Du lässt mich hier auf der fischigen Insel langsam vertrocknen!«
Der Käpten stieß ein böses Lachen aus.

»Hast doch jede Menge Salzwasser hier! Wirst es schon noch ein paar Jährchen aushalten.«
Er zog seinen Stock aus dem Feuer, roch an seinem verbrannten Fisch und biss kräftig hinein.
»Unser Olchison Crusel ist ein erstklassiger Schatzwächter. Stimmt's oder hab ich recht?« Er schaute fragend in die Runde, und alle Piraten stimmten ihm zu.
»Olchison Crusel kann Schätze bewachen!«, rief Eisenhand, und ganz plötzlich hatte sich seine Miene verfinstert. Mit hochrotem Kopf begann er zu brüllen: »Aber meine Männer können vier kleine Grünlinge nicht bewachen! Ihr lasst sie euch einfach durch die Lappen gehen! Euch Knalltüten kann man nicht mal ein paar tote Ratten anvertrauen! Eure vertrockneten Gehirne sind so dumm wie Senkblei!«
Alle machten ein betroffenes Gesicht.
»Diese verfluchten Olchis«, knurrte Eisenhand. »Hoffe, es hat sie inzwischen der Klabautermann geholt!«
Der dicke Flosse sagte: »Klar, Käpten. Mit dem kleinen Boot sind sie nicht weit gekommen.«
»Aber schade um unser schönes Rettungsboot«, meinte der krumme Heiner.
»Sie waren bares Geld für mich«, brummte Eisenhand, der sich jetzt wieder ein wenig beruhigt hatte. »Na ja, Hauptsache, der Bürgermeister bezahlt trotzdem für sie. Er hat ja keinen blassen Dunst, dass die Geiseln leider inzwischen auf dem Meeresgrund liegen.«

»Keine Geisel, trotzdem Gold«, kicherte Keyomi. »Das gefällt mir.«
Olchison hatte alles schweigend mit angehört.
»Na, Olchison Crusel«, sagte der Käpten. »Was meinst du dazu? Wie lange können Olchis in so einem Meer überleben?«
»Nicht sehr lange, fürchte ich«, sagte Olchison.
»Richtig!«, rief der Käpten. »Bist ein schlauer Bursche! Weil so ein Ozean ein ganzes Stück größer ist als eine olchige Matschpfütze!«
Kaum waren seine Worte verklungen, passierte wieder etwas Unvorhergesehenes.
Dem einen Olchi-Kind entfuhr ein laut knatternder Olchi-Furz.
»Da ist doch jemand!«, schrie der Käpten. Schon hatte er wieder sein Gewehr gepackt und starrte hoch zur Klippe.
Alle Piraten waren jetzt aufgesprungen.
»Es kam von da oben!«, brüllte der krumme Heiner und zeigte mit seiner Flinte in die Richtung des Felsbrockens, hinter dem sich die Olchis versteckt hatten.
Aber da waren die Olchi-Kinder schon losgerannt.
»Fangt sie mir!«, brüllte der Käpten heiser.
Schnaufend rannten die Piraten den Abhang hoch.
»Wir schneiden ihnen den Weg ab!«, hörte man den krummen Heiner rufen.
»Keyomi links herum!«, brüllte der Käpten. »Flosse nach rechts!«

Die Olchi-Kinder sahen Käpten Eisenhand mit rotem Kopf den Abhang hochkeuchen. Mit seiner Hakenhand krallte er sich in Äste und Felsbrocken und zog sich nach oben.
Von der linken Seite kam Keyomi. Er war wohl der flinkste der Piraten. Suchend blickte er sich um, doch noch hatte er die Olchi-Kinder nicht entdeckt.
Die Olchi-Kinder hasteten querfeldein, schlugen sich durchs Gestrüpp und ließen sich irgendwann unter den Wurzeln eines umgestürzten Baumes auf die Erde fallen.
»Ich glaub, wir haben sie abgehängt«, keuchte das andere Olchi-Kind. »Schlapper Schlammlappen, musstest du unbedingt so laut herumpupsen?«
»Manchmal pupst man eben«, sagte das eine Olchi-Kind. »So was passiert. Da kann man nichts machen.«

Olchison muss helfen

Auf ihrem Hosenboden rutschten sie eine Böschung hinunter und landeten in einer Schlucht. Ohne lange nachzudenken, liefen sie weiter.
Doch je weiter sie hier entlangrannten, desto klarer wurde ihnen, dass sie in einer Falle waren. Wenn ihnen in dieser Schlucht jemand folgte, gab es für sie kein Entkommen mehr. Glatt und steil ragten die Wände empor. Wieder hinaufzukommen, war sogar für einen Olchi unmöglich.
Dann war der Weg zu Ende, und sie standen vor einer turmhohen Wand.
»Sackgasse!«, rief das eine Olchi-Kind. »Wir müssen umkehren!«
In dem Moment hörten sie hinter sich Schritte und fuhren herum.
Da stand der graue Olchi.
»Kommt schnell«, rief er. »Ich kenne eine Menge sicherer Verstecke!«
»Verstecke, Verstecke!«, krächzte der Papagei auf seiner Schulter.

Olchison kannte die Insel wie seine Hosentasche.
Er deutete auf ein Pflanzengestrüpp, das den Olchi-Kindern vorher gar nicht aufgefallen war. Schob man die Pflanzen zur Seite, sah man einen niedrigen Tunnel, der durch den Berg führte.
Auf allen vieren folgten die Olchi-Kinder Olchison durch den engen Gang. Auch der Ausgang auf der anderen Seite war wieder durch Pflanzen geschützt.
»Hier seid ihr erst mal sicher«, meinte der graue Olchi.
Vorsichtig lugten sie hinaus. Keine Menschenseele war zu sehen.
»Wir können hier nicht bleiben!«, sagte das andere Olchi-Kind. »Wir brauchen deine Hilfe!«
Atemlos erzählten sie von ihrer schrecklichen Begegnung mit dem Feuerdrachen und dass sie Olchi-Oma und Olchi-Opa unbedingt helfen mussten.
»Ihr wart in der Höhle?«, rief Olchison. »Seid ihr verrückt geworden? Hatte ich euch nicht gewarnt?«
»Nicht wirklich«, sagte das andere Olchi-Kind. »Kann mich nicht erinnern.«
»Kannst du ihnen helfen?«, flehte das eine Olchi-Kind.
»Kannst du sie da rausholen?«
Doch bevor Olchison antworten konnte, hörten sie über sich ein Knattern in der Luft. Dieses Geräusch kam den Olchi-Kindern bekannt vor. Und als sie neugierig den Kopf reckten, sahen sie ihren Drachen Feuerstuhl.
Anscheinend suchte er gerade einen Landeplatz. Auf

seinem Rücken erkannten sie Professor Brausewein und Olchi-Papa.
»Schleimeschlamm und Käsefuß!«, riefen die Olchi-Kinder, hüpften wie wild herum und winkten.
»Hier sind wir!«, riefen sie, so laut sie konnten, und hatten ganz vergessen, dass sie ja eigentlich leise sein mussten, damit die Piraten sie nicht hörten.
Olchi-Papa hatte sie bereits gesehen.
»Ich komme, Stinkerlinge!«, rief er. »Ich rette euch!«
Feuerstuhl landete auf einer sonnigen Steinplatte.
Was war das für ein krötiges Hallo! Alle fielen sich glücklich um den Hals, und Olchi-Papa drückte seine beiden Olchi-Kinder so fest, dass ihnen die Luft wegblieb.
»Freut mich, euch wohlbehalten wiederzusehen!«, sagte Brausewein. Er streckte seine steifen Glieder, heilfroh, endlich wieder festen Boden unter den Füßen zu haben.
»Verflixt ungemütlich auf so einem Drachen!«
Olchi-Papa schaute sich suchend um.
»Wo sind diese Halunken? Wir dachten, ihr seid in der Hand von Piraten?«
»Waren wir auch!«, erklärten die Olchi-Kinder. »Und sie suchen schon wieder nach uns! Aber Olchi-Oma und Olchi-Opa sind in einer Höhle, und wir müssen sie unbedingt befreien und …«
»… und ich bin Olchison Crusel!«, wurden sie vom grauen Olchi unterbrochen, der jetzt auch herübergekommen war. »Krätzige Krake! Was für eine Überraschung! Ich

bekomme hier sonst nie Besuch!« Freudig streckte er Olchi-Papa die Hand entgegen.
Olchi-Papa und Brausewein machten große Augen, als sie den fremden Olchi sahen.
»Heiliger Müllsack, bist du einer der Piraten?«, fragte Olchi-Papa.
»Ich doch nicht! Man nennt mich Olchison Crusel, und ich bin ein Gefangener der Piraten«, sagte der graue Olchi.
Und das eine Olchi-Kind fügte schnell hinzu: »Er ist ein Vetter vom blauen Olchi!«
Olchi-Papa rief erschrocken: »Ach, du rostiges Ofenrohr! Ist der blaue Olchi etwa auch hier?«
Sie erklärten ihm, was es mit Olchison auf sich hatte und was inzwischen alles passiert war.
Olchi-Papa kratzte sich nachdenklich an den Hörhörnern, und Brausewein machte ein ernstes Gesicht.
»Na schön«, meinte er. »Keine einfache Situation! Als Erstes kümmern wir uns um eure Großeltern. Und danach werden wir sehen, dass wir alle schleunigst von hier wegkommen. Hoffentlich macht uns Käpten Eisenhand keinen Strich durch die Rechnung. Dieser Gauner hat sich beim Schmuddelfinger Bürgermeister gemeldet, und der soll ihm nun zehn Kilo Gold besorgen. Erst dann will Eisenhand euch wieder freilassen.«
»Sehr witzig«, sagte das andere Olchi-Kind. »Wir sind doch längst schon frei.«

»Zum Glück«, sagte Brausewein. »Aber in Schmuddelfing weiß man das noch nicht. So, meine Lieben, und nun auf zur Schatzhöhle. Wir müssen eure Großeltern da rausholen!«
»Wirst du uns helfen, Olchison?«, fragten die Olchi-Kinder.
»Na, ist doch klar wie Fischsuppe«, sagte der graue Olchi. »Ich werde es jedenfalls versuchen. Der Drache hört auf mich wie ein dressierter Hund.«
»Er ist ein Höllenhund«, sagte das eine Olchi-Kind. »Du solltest ihn an die Leine legen.«
»Aber ihr müsst mir auch einen Gefallen tun«, sagte Olchison.
»Was denn?« Alle schauten ihn erwartungsvoll an.
»Ich will mit euch nach Schmuddelfing«, sagte er. »Ihr müsst mich mitnehmen.«
»Mitnehmen! Mitnehmen!«, wiederholte sein Papagei.
»Kein Problem«, meinte Olchi-Papa. »Auf Feuerstuhl haben wir alle Platz. Und Olchi-Mama freut sich immer, wenn Besuch kommt!«
»Sehr fischig von euch!«, rief Olchison. »Ihr seid meine Rettung!«
»Schon gut«, sagte Olchi-Papa. »Eine Hand verschmutzt die andere. Und jetzt retten wir erst mal Oma und Opa!«

Am Abgrund

Der Olchi-Drache lag gemütlich im Schatten. Er hatte eine Menge Schlaf nachzuholen, denn der lange Flug war anstrengend gewesen.
Und so machten die Olchis und Brausewein sich zu Fuß auf den Weg zur Schatzhöhle.
»Sag mal, Olchison«, meinte das andere Olchi-Kind, »die Piraten gehen doch auch in diese Höhle. Wieso werden sie nicht vom Drachen gefressen? Wieso haben sie keine Angst vor ihm?«
»Sie haben immer Fackeln dabei, wenn sie in die Höhle gehen«, erklärte der graue Olchi. »Wenn der Drache die Flammen sieht, tut er ihnen nichts. Er mag Feuer!«
Professor Brausewein hatte Mühe, mit den flinken Olchis Schritt zu halten. Hin und wieder wischte er sich mit einem Taschentuch den Schweiß von der Stirn. Von den Piraten war zum Glück weit und breit nichts zu sehen.
»Vermutlich suchen sie auf der anderen Inselseite nach euch«, meinte Olchison.

Als eine tiefe Schlucht ihren Weg kreuzte, blieb er stehen und sagte: »Wenn wir geradeaus weitergehen könnten, wären wir schon fast da. Aber leider kommen wir hier nicht rüber.«
»Moment mal«, rief Brausewein. »Nichts ist unmöglich.« Er setzte seinen Rucksack ab und griff nach seinem Notfallkoffer. »Schließlich dürfen wir keine Zeit verlieren, oder?«
Er holte ein merkwürdiges Ding heraus, das aussah wie eine große Pistole.
»Meine selbst gebaute Seilschleuder«, erklärte er stolz und richtete das Pistolending auf die gegenüberliegende Seite der Schlucht. Man hörte ein leises Sirren, als hätte er eine Angel ausgeworfen. Ein dünnes Nylonseil schoss pfeilschnell über die Schlucht, und auf der anderen Seite bohrte sich ein kleiner Haken in den Fels.
»Wer sagt's denn«, murmelte der Professor.
Er drückte die Pistole an einen Baumstamm, betätigte einen Hebel, und mit einem Knacken krallte sich die Apparatur fest in das Holz.
Brausewein prüfte kurz das Seil. »Das dürfte halten.«
Dann kramte er einen Karabinerhaken aus dem Koffer und verstaute den Koffer wieder in seinem Rucksack.
Er klickte den Karabinerhaken an das Nylonseil. An dem Haken hing eine Schlaufe, an der er sich mit beiden Händen festhielt. »Na, dann mal los!«, rief er.
Fast lautlos glitt Brausewein über das leicht abschüssig

gespannte Seil. Er baumelte mit den Füßen und wackelte hin und her wie ein Lampion im Wind.
Noch ehe die Olchis »Muffelfurzteufel!« sagen konnten, war er auch schon drüben auf der anderen Seite.
»Krötig!«, rief Olchi-Papa und klatschte begeistert in die Hände. Brauseweins Erfindungen waren immer wieder überraschend. Auch Olchi-Papa war ein großer Bastler. Er baute gern mal einen krötigen Staubverteiler oder eine Matschknödel-Wurfmaschine. Aber gegen Brauseweins geniale Konstruktionen kam er nicht an.
»Los, Olchis, kommt rüber!«, rief Brausewein von der anderen Seite der Schlucht.
Er wusste, die Olchis brauchten keine Hilfsmittel dafür. Sie konnten sich mit bloßen Händen an dem dünnen Seil entlanghangeln. Natürlich schnitt das ein bisschen ein, aber ihre Hände waren kräftig und die Olchi-Haut zäh wie Leder.

»Worauf wartet ihr noch?«, feuerte er sie an.
Olchi-Papa hangelte sich als Erster über den Abgrund, und dann folgten die beiden Olchi-Kinder.
Als Letzter versuchte es der graue Olchi. Längst waren die anderen Olchis drüben angekommen, da hing er noch immer in der Luft.
»Fette Flunder!«, hörten sie ihn seufzen. »Ich trau mich nicht weiter!«
»Grundgütiger!«, sagte Brausewein. »Was ist denn los mit ihm?«
Wie eine Stinkersocke an der Wäscheleine hing Olchison an dem Seil. Seine weit aufgerissenen Augen starrten ängstlich in die Tiefe. Aufgeregt flatterte der Papagei über ihm und krächzte: »Weiter! Weiter! Weiter!«
Alle sahen, wie Olchison mit sich kämpfte.
»Nicht nach unten schauen!«, rief Olchi-Papa.
»Nicht loslassen!«, riefen die Olchi-Kinder.
»Augen zu!«, rief Brausewein. »Du bist gleich drüben!«
Olchison kniff die Augen zusammen, pupste ein bisschen und hangelte sich tapfer weiter vorwärts. Ganz langsam und Meter für Meter. Endlich hatte er es geschafft.
»Staubiger Korallenfurz!«, stöhnte er. »Ich bin doch nicht schwindelfrei!«
»Dafür aber sehr mutig«, sagte das eine Olchi-Kind.

Der geheimnisvolle Würfel

Olchison lächelte schon wieder.
Er deutete auf den Felsen, der nicht weit entfernt vor ihnen aufragte.
»Seht, wir sind schon fast da!«
Auch die Olchi-Kinder erkannten jetzt den schmalen Spalt, der zum Eingang der Höhle führte.
»Da drinnen sind eure Großeltern mit diesem Feuerdrachenvieh?«, fragte Olchi-Papa.
»Ja«, sagte das eine Olchi-Kind. »Hoffentlich geht's ihnen noch gut.«
Auch Professor Brausewein machte ein angespanntes Gesicht. Als er sich im Weitergehen noch einmal umdrehte, erstarrte er.
Auf der anderen Seite der Schlucht stand einer der Piraten.
»Versteckt euch«, flüsterte er den Olchis zu. »Ich glaube, sie haben uns entdeckt!«
»Schuppige Bettwanze«, flüsterte das eine Olchi-Kind.
»Das ist Käpten Eisenhand!«
»Der Kerl, der euch entführt hat?«, fragte Olchi-Papa.

»Genau der!«, sagte Olchison. »Rostige Koralle! Wenn er mich mit euch zusammen sieht, hab ich nichts zu lachen.«
»Lachen! Lachen!«, krächzte sein Papagei.
»Still!«, zischte Olchison. »Wirst du wohl deinen lauten Schnabel halten!«
Sie sahen, wie Eisenhand am Rand des Abgrunds stand und prüfend in die Tiefe blickte. Über der Schulter hing sein langes Gewehr, und am Gürtel baumelte der lange Säbel. Mit seiner unversehrten Hand prüfte er das straff gespannte Nylonseil.
»Was tun wir, wenn er rüberkommt?«, fragte das eine Olchi-Kind.
»Er wird es nicht schaffen«, sagte Olchison. »Wenn er in der Mitte ist, beißen wir das Seil durch.«
Brausewein verzog das Gesicht, und auch die anderen Olchis schienen nicht gerade begeistert von Olchisons Vorschlag. Dass der Pirat mit zerschmetterten Gliedern unten in der Schlucht liegen würde, war kein schöner Gedanke.
»Nein«, sagte Brausewein. »Das geht auch anders.«
Er holte einen Metallwürfel aus dem Rucksack.
»Was ist das, beim Kröterich?«, fragte Olchi-Papa verwundert. Das Ding war etwas größer als eine Tomatendose und schien ziemlich schwer zu sein. Brausewein entfernte eine durchsichtige Schutzfolie von dem Würfel und sagte:
»Wirst du gleich sehen.«

Sie beobachteten, wie der Pirat auf der anderen Seite der Schlucht immer noch zögerte. Doch dann hängte er sich kurz entschlossen mit seiner Hakenhand an das Seil und stieß sich mit beiden Beinen ab. Sein glatter Haken flutschte wie Butter über das Seil. Im Nu hatte auch er die andere Seite erreicht.
Witternd wie ein hungriger Panther stand er jetzt da und schaute sich nach allen Seiten um.
Langsam kam er näher. Bald trennten ihn nur noch gute zehn Meter vom Versteck der Olchis.
Noch stand Professor Brausewein bei den Olchis im Gebüsch, den Metallwürfel fest in beiden Händen. Doch dann atmete er tief durch und stürzte mit einem lauten Aufschrei aus dem Versteck.
»Hände hoch!« Er hatte den schweren Würfel drohend auf den Piraten gerichtet. Nur wenn man genau hinschaute, sah man, dass seine Arme leicht zitterten.
Mit ungläubigem Staunen blickte Eisenhand auf den kleinen Mann, der da vor ihm stand und mit einem Würfel auf ihn zielte.
»Ha!«, stieß er aus. »Was bist du denn für einer?«
Langsam nahm er seine Flinte von der Schulter.
Dann geschah etwas Merkwürdiges.
Die Olchis in ihrem Versteck konnten kaum glauben, was sie da sahen.
Wie von Geisterhand wurde Eisenhand das Gewehr aus der Hand gerissen. Es segelte blitzschnell durch die Luft

und landete bei Brausewein. Genauer gesagt, knallte es gegen seinen Metallwürfel, auf dem es einfach kleben blieb.
Olchison flüsterte verblüfft: »Du meine Gräte! Er kann zaubern!«
»Was zum Teufel …?«, stieß Eisenhand aus, der sich nicht erklären konnte, was gerade geschehen war.
Doch so leicht konnte man ihn nicht überrumpeln.
Wie ein wütender Stier starrte er Brausewein an, und seine Hand griff nach dem Säbel. Doch ebenso wie das Gewehr flutschte ihm auch der Säbel aus der Hand, flog durch die Luft und landete auf Brauseweins Würfel.
Eisenhand war entwaffnet.
»Nimm die Hände hoch!«, schrie ihn Brausewein an.
»Das Spiel ist aus!«
»Du Ratte!«, knurrte Eisenhand, und man sah, wie er vor Wut mit den Zähnen knirschte. »Wie hast du das gemacht?« Er starrte Brausewein immer noch entgeistert an und dachte gar nicht daran, die Hände hochzunehmen.

Jetzt trauten sich auch die Olchis aus ihrem Versteck. Das eine Olchi-Kind hatte bereits sein Stinkerfläschchen gezückt.
»Was zum Teufel …«, zischte Eisenhand noch einmal, als ihn die Stinkerwolke traf. Er hielt sich die Nase zu, rang nach Luft und ging hustend in die Knie.
Brausewein war bereits an seinem Koffer. Er brachte ein Paar Handschellen zum Vorschein, und Sekunden später war Eisenhand gefesselt.
»Ranziger Läusefurz!«, rief das eine Olchi-Kind. »Jetzt könnten wir auch für dich ein Lösegeld verlangen!«
Olchison lachte. »Seine Piratenfreunde werden sicher keinen Pfifferling für ihn bezahlen!«
Endlich bekam Eisenhand wieder Luft. Er warf dem grauen Olchi einen vernichtenden Blick zu und knurrte: »Olchison Crusel! Zum Henker! Das wirst du bereuen!«
Olchi-Papa sah zu, wie Brausewein wieder die Schutzfolie um den Würfel wickelte, und fragte: »Wie hast du das gemacht? Kannst du hexen?«
»Hat nichts mit Hexerei zu tun«, erklärte Brausewein mit einem verschmitzten Lächeln. »Das ist ein ultrastarker Supermagnet aus reinem Neodym. Ich hab ihn noch ein bisschen aufgemöbelt. Moderne Technik eben. Zum Glück war genug Metall an Eisenhands Gewehr!«
»Schlapper Schlammlappen«, murmelte Olchi-Papa beeindruckt. Von diesem Professor konnte er wirklich noch eine Menge lernen.

Olchison ist ratlos

Bis zur Schatzhöhle war es nicht weit.
Brausewein ging hinter Käpten Eisenhand her und pikste ihn hin und wieder mit dem Säbel in den Po, damit er auch schön brav weiterlief.
Bereits am Eingang zur Höhle roch es stark nach Schwefel.
»Muffelfurzteufel, was für ein krötiges Drachen-Düftchen!«, meinte Olchi-Papa. Aber seine gute Laune verging ihm schnell. Aus dem Inneren war ein wildes Fauchen und Zischen zu hören. Es klang, als würde jeden Moment ein Dampfkessel explodieren.
Die Olchi-Kinder begannen zu zittern.
»Hört ihr das? Wir gehen da nicht mehr rein!«
Brausewein wischte sich den Schweiß von der Stirn und fragte: »Und ihr seid ganz sicher, dass eure Großeltern da drin sind?«
Im nächsten Augenblick drang ein so schauriges Brüllen aus der Höhle, dass alle erschrocken zusammenzuckten.
Auch Olchison machte ein besorgtes Gesicht.
»Beim ranzigen Sägefisch!«, murmelte er. »Das klingt nicht gut. Der Drache ist ja total aus dem Häuschen.«

Olchi-Papa legte seine Hände an den Mund und rief in die Höhle hinein:
»Hallo, Olchis! Seid ihr da drin? Hört ihr mich?« Doch nur das fürchterliche Brüllen des Drachens war die Antwort.
Eisenhand lachte laut auf.
»Ha! Jetzt macht ihr euch in die Hosen, was?«
»Geh du doch rein, wenn du dich traust«, knurrte das andere Olchi-Kind.
»Keine Angst«, sagte der graue Olchi. »Ich mach das jetzt. Hab ja verspochen, euch zu helfen.«
»Du Verräter!«, rief Eisenhand.
»Ich brauche eine Fackel«, erklärte Olchison, ohne Käpten Eisenhand weiter zu beachten. »Wenn der Drache das Feuer sieht, beruhigt er sich vielleicht. Aber ich fürchte, es wird nicht leicht sein. So wütend hab ich ihn noch nie erlebt.«
Brausewein kramte Streichhölzer aus seinem Koffer, fand einen morschen Ast und zündete ihn an.
»Na, dann los, Olchison«, rief das eine Olchi-Kind. »Hol Oma und Opa da raus!«
Der graue Olchi nahm seinen Papagei und setzte ihn Olchi-Papa auf die Schulter.
»Du bleibst schön hier, mein Bester«, sagte er und strich dem Vogel übers Gefieder.
Dann nahm Olchison Professor Brausewein die Fackel ab und verschwand in der Dunkelheit.
Lange blieb er in der Höhle. Den Olchis kam es vor wie

eine halbe Ewigkeit. Brausewein hatte sein Taschentuch gezückt und putzte nervös an seiner Brille herum. Olchi-Papa lugte immer wieder in die Höhle hinein und murmelte:
»Muffelfurzteufel, was treibt dieser Olchison so lange? Vielleicht sollte ich doch auch reingehen und nachsehen.«
»Das wirst du nicht tun, beim Läuserich!«, riefen die Olchi-Kinder erschrocken. »Du bleibst schön hier bei uns!«
Käpten Eisenhand knurrte verächtlich:
»Ha! Versuch es nur! Geh da rein und komm nie wieder!«
Die Geräusche in der Höhle waren verstummt, und schon dachte man, Olchison habe es geschafft, den Drachen zu besänftigen.
»Oma! Opa!«, riefen die Olchi-Kinder, so laut sie konnten.
»Hallo! Hört ihr uns?«

Doch da ging das Schnauben, Brüllen und Fauchen auch schon wieder los, lauter und schrecklicher als zuvor.
Im nächsten Augenblick erschien Olchison.
Er wirkte verwirrt und sah ziemlich verrußt aus.
»Keine Ahnung, was mit dem Drachen los ist«, murmelte er. »Ich kann ihn heute nicht beruhigen. Er hört nicht mehr auf mich.«
Eisenhand stieß aus: »Habt ihn eben durcheinandergebracht! Tut nur seine verdammte Pflicht und verteidigt meine Schätze, das brave Tierchen! Ha! Mein Gold ist da drin so sicher wie in der Bank von England!«
»Deine Schätze interessieren uns einen Furz!«, rief das eine Olchi-Kind.
Das andere Olchi-Kind fragte Olchison: »Hast du Olchi-Oma und Olchi-Opa gesehen?«
»Nein«, sagte Olchison. »Da drinnen sieht man nur dichten Qualm.«
Plötzlich hellte sich Olchi-Papas Miene auf.
»Ich hab eine krötige Idee, Stinkerlinge! Dass ich da nicht gleich drauf gekommen bin! Wir holen unseren Drachen Feuerstuhl! Er kann dieses Vieh bestimmt beruhigen.«
»Ihr habt auch einen Drachen?«, fragte Olchison ungläubig.
»Na klar!«, sagte Olchi-Papa. »Er ist so folgsam wie ein kleines Hündchen!«
Er stieß einen so lauten Pfiff aus, dass Brausewein das Gesicht verzog.

Drachenfreunde

Kurze Zeit später hörten sie auch schon das vertraute Knattern in der Luft.
Feuerstuhl landete direkt neben ihnen. Seine Glupschaugen wirkten noch ziemlich verschlafen, aber seine Schnauze war schon warm.
»Was zum Teufel ist das für ein Vieh?«, knurrte Eisenhand. Man sah ihm an, dass er vor dem Olchi-Drachen großen Respekt hatte.
»Er frisst gern Piraten«, sagte das eine Olchi-Kind und kicherte.
Olchi-Papa führte Feuerstuhl ein kurzes Stück in die Höhle hinein. Sofort nahm der Olchi-Drache Witterung auf.
Als wüsste er, was man von ihm erwartete, trabte er entschlossen vorwärts. Ein paar Augenblicke später waren das Brüllen und Fauchen schlagartig verstummt.
Und dann geschah das Unglaubliche:
Beide Drachen kamen gemeinsam aus der Höhle.
Der Feuerdrache sah plötzlich gar nicht mehr furchterregend aus, nur seine heißen Nüstern qualmten noch ein bisschen.

Lammfromm trabte er hinter Feuerstuhl her.
Die Olchis und die beiden Männer beachtete er überhaupt nicht. Er hatte nur noch Augen für den Olchi-Drachen. Wohlig rieb er sich an seinem Bauch und leckte ihm mit seiner langen Zunge liebevoll über die Schnauze.
»Krötig!«, rief Olchi-Papa. »Beim Muffelwind! Es hat geklappt!«
Wie zwei friedliche Pferde standen die Drachen jetzt am Höhleneingang, stupsten sich mit ihrer Schnauze und grunzten behaglich.
»Sie mögen sich!«, freuten sich die Olchi-Kinder. »Sie haben sich angefreundet!«
Verärgert stieß Käpten Eisenhand aus: »Soll euch doch alle der Haifisch holen!« Vergeblich zerrte er an seinen Handschellen. Dass sein Schatzwächter nicht mehr gehorchte und sein Drache so friedlich wie ein Hündchen geworden war, versetzte ihn in Panik.
Plötzlich standen auch Olchi-Oma und Olchi-Opa im Höhleneingang. Geblendet vom hellen Licht, kniffen sie ihre Glupschaugen zu.
»Muffelfurzteufel«, hörte man Olchi-Opa murmeln. »Dieses Vieh hat ganz schön Kondition!«
Die beiden sahen ziemlich erschöpft aus. Sie waren von Kopf bis Fuß verrußt, und Olchi-Omas Streifenkleid war unten ein bisschen angekokelt.
Die Olchi-Kinder fielen ihren Großeltern glücklich um den Hals, und auch Olchi-Papa umarmte sie, so fest er konnte.

»Olchi-Papa!«, rief Olchi-Oma verwirrt. »Wach ich oder träum ich? Was tust du denn hier?«
»Wir sind heute hierhergeflogen«, sagte Olchi-Papa. »Wir konnten euch doch nicht im Stich lassen!« Auch der Professor wurde krötig begrüßt. Vergeblich versuchte er, sich zu wehren, als ihm Olchi-Oma überschwänglich ein paar feuchte Schmatzer verpasste.
Käpten Eisenhand hockte die ganze Zeit auf dem Boden und beobachtete alles mit grimmigem Gesicht.
Dass er nun überwältigt war, freute Olchi-Opa und Olchi-Oma sehr. Und dass der fürchterliche Feuerdrache plötzlich so friedlich war, konnten sie kaum glauben.

Misstrauisch beäugten sie ihn. Er stand in sicherer Entfernung immer noch an Feuerstuhl gekuschelt und sah aus, als könnte er kein Wässerchen trüben.
»Unglaublich«, brummte Olchi-Oma. »Dieses Biest hätte uns eben noch am liebsten gegrillt. Wollte einfach nicht müde werden, das dumme Vieh. Ich dachte schon, wir kommen da nie mehr raus.«
Olchi-Opa lachte. »Was für eine Geschichte! Wenn ich die später erzähle, dann glaubt sie mir wieder keiner!«
»Aber jetzt wollen wir die Schätze sehen!«, riefen die Olchi-Kinder ungeduldig. »Los, Olchison, zeig uns endlich den Piratenschatz!«
»Das tust du nicht, Olchison Crusel!«, brüllte Eisenhand wütend. Er war aufgestanden und machte ein paar Schritte auf Olchison zu, doch Brausewein hob drohend den Säbel.
»Bringt so viele Kisten, wie ihr tragen könnt!«, sagte Brausewein. »Wir wollen doch nicht mit leeren Händen nach Schmuddelfing zurückkehren!«

Die Olchi-Kinder knackten die rostigen Schlösser im Handumdrehen. Ein Kistendeckel nach dem anderen flog auf, und dann lagen die wertvollen Schätze vor ihnen. Berge von Gold- und Silbermünzen, verzierte Kelche und schwere alte Trinkbecher, goldene Ringe, Ketten und Armreife, funkelnde Edelsteine und strahlend weiße Perlen. Die Olchis hatten so etwas noch nie gesehen.

»Und wieso ist diese da leer?«, fragte das andere Olchi-Kind und deutete auf die hinterste Kiste.
»Das war ich«, gab Olchison zu. »Beim Krakenfurz, was hätte ich denn tun sollen? Auf dieser langweiligen Insel findest du kein Fitzelchen Müll. Und das bisschen Abfall, das die Piraten jedes Mal zurücklassen, wollte ich als Köder benutzen für meine Fallgrube. In der Not frisst man eben auch mal Edelmetall!«
Olchi-Papa steckte sich drei goldene Ringe in den Mund. »Schmeckt langweilig, das Zeug. Möchte nur wissen, was die Piraten daran finden? Ist doch wirklich nichts Besonderes.«
Dann schleppten sie sechs volle Kisten nach draußen. Nur die leere ließen sie stehen.
Olchison lachte. »Die darf der Feuerdrache ruhig weiter bewachen. Er braucht ja auch was zu tun!«
Professor Brausewein verschlug es die Sprache, als er die wertvollen Schätze sah.
»Na, da haben wir ja ein nettes Mitbringsel«, murmelte er. »Der Bürgermeister wird Augen machen!«
»Ihr Ratten«, knurrte Eisenhand. Trotz seiner Sonnenbräune sah er jetzt ziemlich blass aus.

»Sei still!«, sagte Olchi-Oma zu ihm. »Sonst darfst du mit dem Drachen die leere Kiste bewachen!«
Olchison ging zum Feuerdrachen und tätschelte seinen schuppigen Bauch. Er redete eine Weile ruhig auf ihn ein, und wie durch ein Wunder gehorchte ihm der Drache plötzlich wieder. Er schüttelte sich kurz, dann ließ er sich, ohne zu mucksen, zurück in die Höhle führen.
Nur einmal schaute er sich nach Feuerstuhl um.
Der stand da mit traurigem Blick und stieß eine gelbe Stinkerwolke aus.
»Ach, Feuerstühlchen«, sagte Olchi-Papa. »Du kannst deinen Freund irgendwann mal besuchen. Den Weg zur Insel kennst du ja jetzt.«
»Ich bin trotzdem froh, wenn ich dieses Vieh nicht mehr sehen muss«, sagte Olchi-Oma erleichtert, als der Feuerdrache endlich wieder in seiner Höhle war.
Olchi-Opa rieb sich tatendurstig die Hände.
»Und nun lasst uns aufbrechen, Stinkerlinge. Ich will endlich nach Hause. Hab die Knubbelnase voll von dieser Insel.«

Das Spiel ist aus

Brausewein schlug vor, die Rückreise nicht auf Feuerstuhl, sondern auf dem Piratenschiff zu machen. Alle waren einverstanden, denn die schweren Schatzkisten konnten sie schlecht auf Feuerstuhl transportieren. Der Professor wollte auf dem Schiff die Polizei verständigen, damit man die Piraten bei der Ankunft im Hafen auch gleich verhaften konnte.
Olchi-Oma hatte eigentlich keine Lust mehr auf eine weitere Schiffsfahrt. Aber nachdem alle anderen dafür waren, gab sie schließlich nach.
Jetzt, da der Käpten ihr Gefangener war, würde sich bestimmt auch die übrige Mannschaft ergeben. Und dann würde es am Ende vielleicht doch noch eine nette Seereise werden.

Wie eine Karawane marschierten sie in Richtung Strand. Olchison ging vorneweg, hinter ihm marschierten die anderen Olchis, und jeder hatte eine Schatzkiste auf der Schulter.
Hinter dem grimmigen Käpten Eisenhand stapfte der

Drache Feuerstuhl. Jedes Mal wenn er eine seiner stinkenden Schwefelwolken ausstieß, hörte man Eisenhand leise fluchen. Brausewein trug Flinte und Säbel und machte das Schlusslicht.
Bald sahen sie die von der Brandung zerfressenen Klippen.
Keyomi, der krumme Heiner und Flosse lagen da unten am Strand. Im Schatten der Kokospalmen hatten sie alle viere von sich gestreckt und schnarchten so laut, dass man es von Weitem hören konnte. Neben ihnen sah man ein paar aufgehackte Kokosnüsse. Anscheinend hatten sie die Suche nach den Olchis längst aufgegeben.
»Faule Säcke«, hörte man Eisenhand knurren.
Leise schlichen sich die beiden Olchi-Kinder an die schlafenden Piraten heran. Sie schnappten sich ihre Gewehre und zogen ihnen die langen Messer aus den Gürteln.
»Aufwachen!«, rief das eine Olchi-Kind. »Alle Mann an Bord!«

Die drei Piraten schraken hoch und griffen vergeblich nach ihren Waffen. Sie brauchten eine Weile, bis sie die Lage begriffen hatten.
»Ihr Ratten!«, stieß Keyomi aus.
»Wir werden das Schiff jetzt übernehmen«, erklärte ihnen das andere Olchi-Kind. »Das Blatt hat sich gewendet!«
Als die Piraten sahen, dass ihr Käpten gefangen genommen war, machten sie lange Gesichter.
»Das Spiel ist aus!«, erklärte ihnen Olchi-Opa. »Ihr werdet uns nach Schmuddelfing zurückschippern. Und ich hoffe, diesmal wird es eine angenehme Reise!«
Der krumme Heiner warf einen fragenden Blick zu Käpten Eisenhand.
»Was glotzt ihr so dumm?«, knurrte Eisenhand. »Tut, was er sagt. Macht das Boot klar!«

Wieder an Bord

Als wenig später alle an Bord des Piratenschiffes waren, musste auch die übrige Mannschaft ihre Waffen abgeben. Olchi-Papa sammelte alle Gewehre, Messer, Säbel und Pistolen ein und schleuderte den ganzen Krempel mit Schwung über Bord. Die Piraten mussten zusehen, wie alles in den Tiefen des Meeres versank.
Dann befahl Olchi-Papa, den Anker zu lichten. Die See war leicht bewegt, ein böiger Wind blähte die roten Segel, und das Schiff nahm Fahrt auf.
Für Eisenhand war das Spiel verloren. Man hatte ihn mit etwas Verpflegung und einer Flasche Rum in seiner Kajüte eingeschlossen.
Die Mannschaft hatte schnell verstanden, wer an Bord das Sagen hatte. Eisenhand war nicht mehr ihr Kapitän. Jetzt gab Olchi-Papa die Befehle, und keiner der Männer hatte etwas dagegen.
Seine neue Rolle gefiel Olchi-Papa richtig gut. Er stolzierte geschäftig hin und her und rief den Männern seine krötigen Anweisungen zu:
»Geh auf deinen Posten, Flosse! Los, ihr Schnecken,

zeigt, was ihr gelernt habt! Immer schön krötig den Kurs halten, Keyomi! Schleimeschlamm und Käsefuß! Wann krieg ich endlich was zu futtern, Heiner?«

Der krumme Heiner rief nach dem Koch, und der brachte einen Kübel voll Muschelschalen und Fischgräten. Nun konnte sich Olchi-Papa endlich ein wenig entspannen.

Er setzte sich mit seinem Imbiss neben den Drachen Feuerstuhl, verschränkte die Hände hinter dem Kopf und blinzelte in die Sonne.

Der olchige Drache hatte es sich längst gemütlich gemacht. Die Schatzkisten standen eingeklemmt zwischen seinem dicken Bauch und der Bordwand. Hier waren sie sicher, denn keiner der Piraten würde es wagen, sich daran zu bedienen.

Feuerstuhl sah zufrieden aus. Sicher träumte er gerade von seinem neuen Freund, der so schön verbrannt duftete und dessen Nüstern so herrlich warm waren.

Olchi-Oma und Olchi-Opa lagen entspannt in einer Hängematte und ließen sich vom Piratenkoch wunderbare Küchenabfälle servieren.

»So hab ich mir eine Kreuzfahrt vorgestellt«, sagte Olchi-Opa und rülpste zufrieden. »Trotzdem freu ich mich jetzt auf unseren Müllberg.«

»Aber die schrecklichen Touristen?«, gab Olchi-Oma zu bedenken. »Du weißt, was zu Hause auf uns wartet.«

Olchi-Opa schüttelte den Kopf. »Mit Abstand gesehen, ist das alles nicht so schlimm. Wenn man nur lange genug weg ist, kommt einem das Zuhause immer total krötig vor. Keine Ahnung, warum das so ist.«

»Da kannst du recht haben«, sagte Olchi-Oma. »Wie wir gesehen haben, gibt es wirklich Schlimmeres.«

Professor Brausewein saß unten im Funkraum.

Er stöpselte an dem alten Funkgerät herum und versuchte, Kontakt mit dem Rathaus von Schmuddelfing aufzunehmen. Endlich hatte er es geschafft.

In knappen Worten gab er seine Meldung durch:

An den Bürgermeister von Schmuddelfing!
Kein Lösegeld bereitstellen.
Olchi-Geiseln sind frei.
Piraten haben aufgegeben.
Schiff mit den roten Segeln ist unter Kontrolle.
Käpten Eisenhand ist festgenommen.
Kann bei Ankunft der Polizei übergeben werden.
Wetter gut.

Bringen Überraschung mit: einen grauen Olchi!
Sieht wild aus, ist aber nett.
Brauchen ein Fahrzeug am Hafen.
Haben sechs schwere Kisten dabei.
Gruß und ahoi!
Brausewein

Olchison Crusel war ganz nach oben in den Mastkorb geklettert. Dort saß er jetzt, streichelte seinen Papagei und blickte versonnen übers Meer.
Er versuchte, sich die Olchi-Höhle und den Schmuddelfinger Müllberg vorzustellen. Die Olchi-Kinder hatten ihm so viel von Olchi-Mamas Stinkerkuchen vorgeschwärmt, dass er ganz neugierig geworden war.
Ein paar Tage würde er auf der Müllkippe bleiben, das hatte er den Olchi-Kindern versprochen. Aber dann wollte er eine Wanderung zu den blauen Bergen unternehmen und seinen Vetter suchen.
Schließlich war der blaue Olchi sein einziger Verwandter, und er hatte ihn so lange nicht gesehen.
Wer weiß, vielleicht hatte er sich inzwischen ja gebessert? Vielleicht war er nicht mehr ganz so ordentlich und nervtötend?
Je länger er über den blauen Olchi nachdachte, desto mehr freute er sich auf ihn. Erstaunlich, was passierte, wenn man sich so lange nicht gesehen hatte. Da bekam man plötzlich ganz frische Gedanken.

Johnny Goldloch und sein Bruder E.

In Schmuddelfing regnete es.
Herr Schnurrhahn, der Polizist, war schlechter Laune.
Eigentlich war heute sein freier Tag. Doch wegen dieser dummen Entführungsgeschichte konnte er den vergessen.
Was war das für eine Aufregung gewesen!
Zehn Kilo Gold sollte der Bürgermeister besorgen!
Schnurrhahn hatte ihm dringend abgeraten, auf die Forderung der Piraten einzugehen.
Glücklicherweise hatte sich die Lage inzwischen entspannt. Alle waren erleichtert, als der Funkspruch von Professor Brausewein eingegangen war. Die Olchis waren wohlauf, und Schnurrhahns Polizeikollegen würden diesen Käpten Eisenhand schon bald am Hafen festnehmen können.
Nur war da noch die Sache mit diesem Taxifahrer, der die Olchis vermutlich auf das Piratenschiff gebracht hatte.
Das musste noch geklärt werden, und darum wollte sich Schnurrhahn jetzt kümmern.
Er parkte seinen Wagen direkt vor dem Tätowierstudio

auf dem Gehweg, zog seine Dienstmütze tiefer in die Stirn und betrat mit ernster Miene das Geschäft.
Johnny Goldloch arbeitete gerade an seiner Tätowiermaschine. Ihm gegenüber saß ein junger Mann mit nacktem Oberkörper. Der Tätowierer nadelte ihm eine blaue Schlange auf das rechte Schulterblatt.
Schnurrhahn räusperte sich und sagte:
»Ich hätte da ein paar Fragen an Sie, Herr Goldloch.«
»Bin beschäftigt«, brummte der Tätowierer, ohne aufzublicken.
An der Wand hingen Bilder von verschiedenen Tattoo-Motiven, alte Postkarten und ein paar gerahmte Fotos.
Eines der Fotos zeigte ein großes Schiff mit roten Segeln.
»Herr Goldloch!«, sagte Schnurrhahn etwas lauter. »Ich denke, wir sollten uns unter vier Augen unterhalten!«
Goldloch schaltete die Maschine aus, tupfte die halb fertig tätowierte Schlange mit einem Tuch ab und sah Schnurrhahn misstrauisch an.
»Worum geht's? Hab ich falsch geparkt?«
»Soll ich mich wieder anziehen?«, fragte der Mann mit dem nackten Oberkörper und griff schon nach seinem Hemd.
Schnurrhahn sagte zu ihm: »Tut mir leid, dass ich Sie unterbrechen muss.«
»Schon o. k.«, murmelte der junge Mann, knöpfte sein Hemd zu, nahm seine Jacke und lief aus der Tür.
»Wir machen morgen weiter!«, rief ihm Johnny noch nach.

Schnurrhahn sagte:
»Es geht um eine Entführung, Herr Goldloch. Wir glauben, dass Sie vier Olchis auf ein Piratenschiff gebracht haben, mit dem sie dann entführt wurden.«
Goldloch setzte eine unschuldige Miene auf.
»Ich? Wieso Piratenschiff? Davon weiß ich nichts.«
Wieder fiel Schnurrhahns Blick auf das Bild mit dem roten Segelschiff.
»Was ist das für ein Foto?«
»Wieso?«, brummte Goldloch. »Darf man keine Bilder von Schiffen mehr aufhängen?«

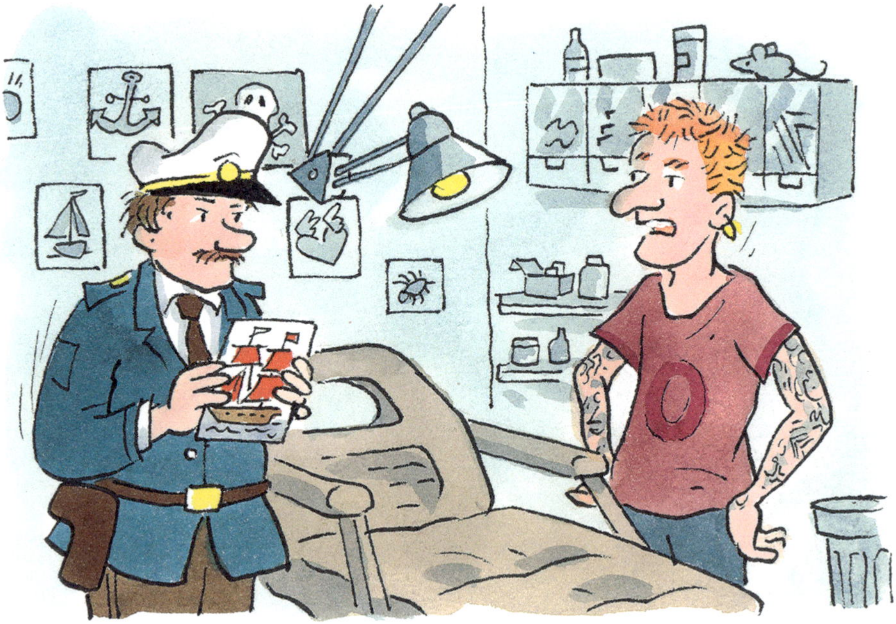

Schnurrhahn nahm das Bild von der Wand. Auf der Rückseite stand in krakeliger Schrift:

> Schiff ahoi, alte Landratte!
> Immer 'ne Handvoll Wasser unterm Kiel!
> Guten Wind und fette Beute!
> Dein Bruder E.

»Bruder E.?«, fragte Schnurrhahn. »Sollte da nicht besser stehen: *Eisenhand*? *Käpten Eisenhand?* So nennt sich Ihr Bruder doch!«
»Keine Ahnung, wie er sich nennt«, knurrte Johnny. »Ich hab nichts mit ihm zu tun. Hab ihn schon lange nicht mehr gesehen.«
»Das stimmt nicht!«, rief Schnurrhahn. »Sie haben die Olchis mit Ihrem Taxi zu seinem Schiff gebracht! Sie haben sie in die Hände Ihres Bruders gegeben! So was nennt man Beihilfe zu einem Menschenraub!«
»Wieso Menschenraub?«, stieß Goldloch aus. »Das waren doch keine Menschen, das waren Olchis!«
Damit hatte er sich bereits verraten.
»Folgen Sie mir auf die Wache, Herr Goldloch«, sagte Schnurrhahn. »Ich bin sicher, Sie haben mir eine ganze Menge zu erzählen.«

Die Ankunft

Irgendwann war auch die schönste Schiffsfahrt zu Ende. Als sie in den Hafen einliefen, wartete bereits die Polizei. Eisenhand wurde sofort verhaftet. Ohne ein Wort zu sagen, ließ er sich widerstandslos abführen.
Er schwankte ein bisschen, als man ihn zum Polizeiauto brachte. Doch das lag sicher nur am Rum, den er in seiner Kajüte getrunken hatte.
Auch die anderen Piraten wurden alle festgenommen.
»Wir sind unschuldig!«, beteuerte der krumme Heiner. »Von einer Entführung haben wir nichts gewusst!«
»Wir sind arme Seeleute!«, rief Keyomi. »Haben nicht mal Waffen an Bord! Könnt gerne nachsehen!«
Doch das nützte ihnen nichts. Die ganze Mannschaft wurde in einen Polizeibus verfrachtet und zum Verhör auf die Polizeiwache gebracht.

Der Bürgermeister hatte für Brausewein und die Olchis einen kleinen Transporter bereitstellen lassen. Darin konnten sie die Schatzkisten verstauen, bevor ein Fahrer sie zurück nach Schmuddelfing brachte.

Nur die Olchi-Kinder flogen lieber mit Feuerstuhl, denn der olchige Drache passte nicht in das Auto. Sie wollten, so schnell es ging, zu ihrer Müllkippe, wo Olchi-Mama bestimmt schon sehnsüchtig auf sie wartete.
Für die anderen ging es nach ihrer Ankunft in Schmuddelfing erst mal zum Rathaus.
Dort wurden sie vom Bürgermeister und seiner Frau begeistert empfangen. Der ganze Gemeinderat stand da und eine Reporterin vom Schmuddelfinger Anzeiger.
Elisabeth trug ein kurzärmeliges Kleid. Auf ihrem Oberarm konnte man ein nagelneues Rosen-Tattoo bewundern.
Die Ankömmlinge wurden überschwänglich begrüßt. Auf kleinen Stehtischchen standen Sekt und Häppchen bereit, und für die Olchis hatte man extra alte Gräten in Sägemehl eingelegt. Sogar ein paar Fläschchen feinstes Fahrradöl hatte man besorgt.
Alle bestaunten den neuen grauen Olchi und seinen bunten Papagei. Der Bürgermeister drückte ihm ganz fest die kleine Olchi-Hand.
»Das ist aber schön!«, rief er erfreut. »Noch ein Olchi! Was für eine Überraschung!«
»Ich bleibe aber nicht lange«, stellte Olchison klar. »Ich will in die blauen Berge, meinen Vetter suchen.«
»Vetter suchen! Vetter suchen!«, krächzte sein Papagei.
»Wie schade«, meinte der Bürgermeister. »Aber sicher besuchst du uns dann öfter?«

»Kann schon sein«, sagte der graue Olchi. »Vielleicht ganz bestimmt.« Er nahm sich drei Papierservietten vom Stehtisch, stopfte sie in den Mund und pupste so kräftig, dass es knallte.
»Meine Herrschaften!«, rief Professor Brausewein. »Und nun haben wir noch eine Überraschung für Sie!«
Er gab den Olchis ein Zeichen, und sie klappten alle sechs Schatzkisten gleichzeitig auf.
»Ich werd verrückt!«, stieß Elisabeth aus. Ganz vorsichtig nahm sie eine der Perlenketten heraus und hielt sie sich prüfend an den Hals.
Alle blickten mit großen Augen auf die strahlenden Schätze.
»Unglaublich!«, riefen sie. »Ein Traum! Das muss ein Vermögen wert sein!«
»Woher habt ihr das nur alles?«, fragte der Bürgermeister und strich mit seinen Fingern über ein funkelndes Diadem.
»Sieht aus wie uralter Schmuck! Habt ihr ein versunkenes Schiff geborgen?«
»Das ist eine lange Geschichte«, sagte Brausewein. »Wir werden euch später alles ganz genau erzählen.«
Alle griffen jetzt gierig in die Kisten, fischten sich Goldmünzen, Ketten, Armbänder und Ringe heraus, und die Reporterin machte fleißig ihre Fotos.
»Finger weg!«, rief der Bürgermeister. »Sofort alles zurücklegen! Das ist doch hier kein Selbstbedienungsladen!

Der Schatz gehört den Findern. Den Olchis und Ihnen, lieber Herr Professor Brausewein!«
»Wir wollen das Zeug nicht«, sagten die Olchis und schüttelten den Kopf.
»Wir möchten den Schatz der Stadt Schmuddelfing schenken«, sagte Brausewein. »Als kleine Spende sozusagen.«
Der Bürgermeister rieb sich die Hände.
»Tja, das freut mich natürlich außerordentlich!«, sagte er. »Und was unsere lieben Olchis angeht, da hatte ich gerade eine interessante Idee.«
Er zwinkerte den Olchis zu und machte ein geheimnisvolles Gesicht.
»Was denn schon wieder für eine Idee, beim Kröterich?«, rief Olchi-Oma erschrocken. »Bitte nicht schon wieder eine Kreuzfahrt!«
»Nur Geduld«, sagte der Bürgermeister. »Gebt mir ein bisschen Zeit. Ich glaube, ich habe gerade euer Touristen-Problem gelöst!«

Kann das Leben schöner sein?

Der Bürgermeister hatte sich etwas ganz Besonderes ausgedacht. Tagelang gingen im Rathaus die Handwerker ein und aus. Das ganze Obergeschoss war eine einzige Baustelle.
Und dann war es so weit. Im Rathaus konnte das neue Schatz-Museum eröffnet werden.
Der alte Piratenschatz lag jetzt wunderschön präsentiert in beleuchteten Glasvitrinen. Jedes Schmuckstück war einzeln beschriftet und glänzte und funkelte im hellen Scheinwerferlicht.
Schnell hatte sich die Nachricht vom neuen Museum herumgesprochen, und der »Schmuddelfinger Piratenschatz« war zu einer beliebten Attraktion geworden.
Jeden Tag kamen mehr Besucher, aber jetzt fuhren sie nicht mehr wegen der Olchis nach Schmuddelfing. Alle wollten nur noch diesen sagenhaften Piratenschatz besichtigen.
Und noch ein Gefallen wurde den Olchis getan.
Die Hinweistafeln, die zur olchigen Müllkippe führten, wurden entfernt. Man änderte auch den Olchi-Lehrpfad

in einen Piraten-Lehrpfad um. Dort konnte man nun alles Wissenswerte über Seefahrer, Freibeuter, Schatzinseln und Drachen erfahren.
In den Läden wurden nachgedruckte alte Schatzkarten, Drachen aus Plastik und Bücher über Inseln und Segelschiffe angeboten. Es gab Postkarten mit Fotos vom berühmten »Schatz der Dracheninsel«, und einige der schönsten Fundstücke wollte man nachbauen lassen und ebenfalls als Andenken verkaufen.
Aber was das Beste war:
Der Bürgermeister hatte ihnen fest versprochen, in Zukunft keine Olchi-Werbung mehr zu machen. Er überlegte sogar, eine Mauer aus Müll um den Müllberg errichten zu lassen. Dadurch wären die Olchis vor den neugierigen Augen der Touristen geschützt, und kein vernünftiger Mensch würde es wagen, über diesen stinkenden Müllhaufen zu klettern.

Und so begann für die Olchis endlich wieder ein ruhiges Leben.
Auch Olchison war zufrieden. Er genoss Olchi-Mamas Schmuddelbrühe, und weil sie ihm so gut schmeckte, bekam er von ihr jeden Tag einen ganzen Eimer voll.
Er fand auch ein Paar neue alte Stiefel und einen gammeligen Filzhut auf dem Müllberg, die ihm passten und ausgezeichnet standen.
Als er sich irgendwann verabschiedete, um in die blauen

Berge aufzubrechen, waren die Olchis fast ein bisschen traurig.
»Wenn ich meinen Vetter gefunden habe, besuche ich euch zusammen mit ihm!«, versprach er.
Aber alle Olchis riefen erschrocken: »Lass dir ruhig Zeit damit, Olchison!«
Sie hatten überhaupt keine Lust auf den blauen Olchi und hofften, es würde eine Weile dauern, bis Olchison ihn gefunden hatte.
Als Olchison weg war, saßen sie vor ihrer Höhle, muffelten vor sich hin und ließen sich einen schön verbrannten Stinkerkuchen schmecken.

Sogar die Ratten und Kröten sahen wieder entspannter aus.
Olchi-Opa gähnte so kräftig, dass ein paar Fliegen tot zu Boden fielen.
»Wurmiger Müllbeutel! Was für eine himmlische Ruhe! Ist das Leben nicht schön?«
Olchi-Oma kicherte.
»Wisst ihr eigentlich, dass heute ein ganz besonderer Tag ist?«
»Wieso denn?«, fragte Olchi-Papa. »Ist doch alles ganz normal heute. Nur unser Drache müsste mal wieder verschmutzt werden.«
»Heute ist mein Gefurztag!«, rief Olchi-Oma aufgeregt und schaute erwartungsvoll in die Runde.
»Nicht schon wieder!«, sagten die Olchi-Kinder. »Du hattest doch erst kürzlich dreimal Gefurztag!«
Olchi-Oma zuckte mit den Schultern.
»Na und? Ich feiere eben gern! Über meine Geschenke müsst ihr euch keine Gedanken machen. Ich weiß schon, was ich mir wünsche.«
Und dann begann sie mit ihrer Wunschliste:
eine Schlammschaufel, eine rostige Gießkanne, ein voller Staubsaugerbeutel, eine Fliegenklatsche, ein paar morsche Gartenstühle und noch tausend andere nette Kleinigkeiten.
»Und von dir wünsch ich mir wieder ein krötiges Gedicht!«, sagte sie zu Olchi-Opa.

»Beim Käsefuß, das hatte ich befürchtet!«, sagte Olchi-Opa und schüttelte den Kopf.
Aber eigentlich freute er sich, dass sich Olchi-Oma das von ihm gewünscht hatte. Er kletterte auf seinen rostigen Ofen und begann nachzudenken. Das Nachdenken funktioniert auf einem alten Ofen nämlich am allerbesten.

Muffelwind und Käseleim,
am schönsten ist es doch daheim!
Bei uns gibt's Kröten, Läuse, Ratten
und keine schrecklichen Piraten.
Da staubt es aus dem Ofenloch,
da leg ich meine Füße hoch,
und Olchi-Oma kocht mir Grütze
aus dem Schlamm von einer Pfütze!
Ich dufte krötig vor mich hin,
froh, dass ich zu Hause bin!